Cauchemars

Cauchemars

Nicole Davidson

Traduit de l'anglais par
MARIE-ANDRÉE WARNANT-CÔTÉ

Les éditions
Héritage inc.

Données de catalogage avant publication (Canada)

Davidson, Nicole

Cauchemars

(Frissons ; 69)
Traduction de : Night terrors.
Pour les jeunes de 10 à 12 ans.

ISBN 2-7625-8461-2

I. Warnant-Côté, Marie-Andrée. II. Titre. III. Collection.

PZ23.D278Ca 1996   j813'.54   C96-941279-2

Night Terrors
Copyright © 1994 Kathryn Jensen
Publié par Avon Flare Book

Version française
© Les éditions Héritage inc. 1996
Tous droits réservés

Infographie de la couverture : François Trottier
Mise en page : Michael MacEachern

Dépôts légaux : 4e trimestre 1996
Bibliothèque nationale du Québec
Bibliothèque nationale du Canada

ISBN : 2-7625-8461-2   Imprimé au Canada

LES ÉDITIONS HÉRITAGE INC.
300, rue Arran, Saint-Lambert (Québec) J4R 1K5
Téléphone : (514) 875-0327
Télécopieur : (514) 672-5448
Courrier électronique : heritage@mlink.net

FRISSONS™ est une marque de commerce des éditions Héritage inc.

À Ellen Krieger, ma sage éditrice, qui voit le meilleur comme le pire dans une histoire... et qui sait comment la rendre parfaite, qui aime un bon roman à suspense, qui croit en Nicole Davidson...

Mes remerciements les plus sincères,

N. D.

Prologue

Comme toujours, le cauchemar commence innocemment : je marche dans un long corridor très éclairé et plein de gens. L'endroit semble être une école ou un gros immeuble de bureaux. Je ne sais pas vraiment qui je suis... mais je suis certaine de ne pas être Marie-Pierre Jolicœur.

Je marche tranquillement, tout en chantonnant, et les gens me sourient.

— Comment vas-tu aujourd'hui ? me demandent-ils amicalement, comme s'ils me connaissaient.

Je leur réponds que je vais bien. Ma voix est joyeuse, mais mon sourire est vague parce que je ne reconnais aucun d'entre eux. Ce sont tous des étrangers.

Tandis que je me faufile entre les gens, j'ai l'impression de chercher quelque chose. Peut-être que j'ai perdu un ruban, un livre de bibliothèque ou mon sac à dos. Je ne peux pas me rappeler ce que c'est.

Un oppressant sentiment d'urgence envahit ma poitrine, comme si je devais à tout prix trouver ce que j'ai perdu… sinon il va m'arriver quelque chose de terrible.

Je marche plus vite, jetant des coups d'œil aux carrefours, mais les corridors sont vides et sombres. Les gens souriants ont disparu. Je suis seule.

Maintenant, je n'ose plus regarder derrière moi. Je sais, j'ai toujours su, d'après la peur glacée qui paralyse mon âme, ce qui me poursuit.

Un deuxième bruit de pas résonne derrière moi.

Je me mets à courir dans le corridor, qui devient un tunnel de plus en plus sombre à mesure que je m'y aventure.

Soudain, un cri perçant m'emplit les oreilles. Je les couvre de mes mains pour ne pas entendre le terrible hurlement. Mais c'est inutile: je l'entends à travers mes doigts.

— Arrête! Reviens ici! hurle la furie.

Bien que je ne comprenne rien à ses cris déments, je sais que c'est à moi qu'elle s'adresse.

Je cours aussi vite que je peux. Mes pieds glissent sur le plancher ciré lorsque je prends la courbe du tunnel obscur. Finalement, je ne peux plus résister: je dois regarder par-dessus mon épaule pour voir si elle s'est rapprochée.

Je pousse un hurlement de terreur: elle est à moins d'un mètre de moi, presque à portée de bras.

Ses yeux écarquillés, au regard fiévreux, sont assoiffés de sang. Sa bouche s'ouvre tout grand:

— Je vais te tuer!… Je vais te déchiqueter en mille morceaux! hurle-t-elle.

Ses cheveux se dressent sur sa tête, comme les serpents sur celle de Méduse que Persée tient, après l'avoir coupée, dans l'illustration d'un récit de la mythologie grecque. Ce qui me terrifie encore plus, c'est l'objet pointu qui luit dans sa main fermée.

Si elle m'attrape, ma vie est finie! Je connais cette vérité aussi bien que mon propre nom.

Le tunnel s'assombrit encore. J'ai le souffle court d'avoir tant couru. Incapable de mouvoir correctement ma langue et mes lèvres, je ne peux que bredouiller une protestation futile:

— Laissez-moi! S'il vous plaît! Oh! s'il vous plaît, laissez-moi tranquille!

Une énorme porte se dresse devant moi. Elle paraît trop grande pour que je puisse l'ouvrir. Mais je saisis tout de même la poignée et la tire de toutes mes forces. Elle ne bouge pas et je sens sur mon cou le souffle de la démente. Dans quelques secondes, celle-ci plongera son couteau dans mon dos.

Mes doigts s'acharnent sur des crochets, des chaînes, des verrous… et la porte s'ouvre enfin. M'élançant dans la nuit, je frémis lorsque l'air froid me gifle brutalement.

Mes yeux s'ouvrent. Je regarde autour de moi, étourdie de terreur, les joues brûlantes, les poumons en feu. Puis je vois mon père devant moi, la main encore levée après m'avoir frappée pour me réveiller. Je me jette dans ses bras en m'écriant:

— Oh! papa! J'ai encore fait le cauchemar… C'était affreux!

Il m'étreint un instant, puis s'écarte de moi. Son visage est gris et hagard. Il manque de sommeil parce qu'il guette, chaque nuit, le moment où je bondirai hors de mon lit.

Maintenant, je reconnais l'endroit où nous sommes : sur la pelouse, à l'avant de l'immeuble où est notre appartement.

— Je suis encore sortie ! dis-je en sanglotant.

— Oui, mais tu n'as rien. Rentrons.

Il regarde nerveusement des deux côtés de la rue, comme s'il craignait que les voisins nous voient et croient qu'il m'a fait du mal.

Tant d'histoires d'enfants maltraités circulent dans les médias. En le voyant me frapper, on pourrait croire qu'il me bat. Mais s'il ne m'avait pas réveillée aussi brutalement, j'aurais pu courir dans la rue ou faire autre chose d'aussi dangereux. Ça n'aurait pas été la première fois.

— Je ne pourrai pas me rendormir, dis-je d'un ton grognon.

Les larmes coulent sur mes joues, mais je suis trop épuisée pour les essuyer.

— Allumons la télé. Je vais rester avec toi. On regardera un vieux film, dit-il en souriant ; mais ses yeux sont rouges et cernés de fatigue.

— Non, papa, repose-toi. Tu sais que le cauchemar ne vient qu'une fois par nuit. Ça ira, maintenant.

Il hoche la tête et me suit dans l'appartement. Il referme la porte à clé derrière nous, puis pousse l'énorme verrou et remet les deux chaînes. Ce n'est pas pour empêcher les voleurs d'entrer. C'est censé m'empêcher de sortir.

Chapitre 1

— Hé, Marie-Pierre! crie Élisabeth Roy en s'approchant de moi à grands pas.

Je lui souris, même si je ne suis pas très en forme après seulement trois heures de sommeil.

— Salut, Élisabeth! Qu'est-ce qu'il y a?

— J'ai eu une idée prodigieuse: puisque c'est vendredi, je t'invite à venir passer la nuit chez moi. On va faire la fête toutes les deux.

— Je dois déménager dans quelques jours, je n'ai pas tellement envie de célébrer.

— Ce n'est pas vraiment une fête, plutôt une soirée d'adieu. Il faut qu'on fasse quelque chose de spécial ensemble.

— Je n'en ai pas envie.

— Tu es parfois la pire des amies, Marie-Pierre Jolicœur, dit-elle, les larmes aux yeux.

Elle s'éloigne rapidement vers une sortie. «Je ne peux pas lui faire ça!» me dis-je, bourrée de remords. Mais je n'ai jamais parlé à personne de mes cauchemars. Je ne veux pas qu'on me prenne pour une folle.

Hé ! Moi-même, je crois que je deviens folle !

Je rattrape Élisabeth dans le terrain de stationnement.

— Écoute… je ne pourrai… pas rester… toute la nuit, lui dis-je, le souffle court. Je ne découche jamais.

— Tu m'as déjà dit que tu détestes les stupides « pyjamades ». Mais cette fois, on sera juste nous deux. Je croyais que j'étais ta meilleure amie !

— Tu l'es ! dis-je en mettant mon bras autour de ses épaules. Bien sûr que tu l'es, répétai-je, la gorge serrée.

— Mais tu t'en vas. Je ne te reverrai peut-être plus jamais !

Mon départ est plus dur à prendre pour Élisabeth que pour moi. Après tout, j'ai l'habitude de déménager au moins une fois par année depuis toujours. On est dans cette ville depuis dix-huit mois. C'est la première fois que mon père garde un emploi aussi longtemps.

Ça arrive toujours soudainement. Il reçoit un avis de congédiement de l'usine ou de l'entrepôt où il travaille. Il cherche un peu, mais revient un soir en disant qu'il n'y a pas d'emplois disponibles dans les environs. Alors on fait nos bagages et on va dans une autre petite ville où il a des chances de se faire embaucher. Je n'ai jamais entendu parler d'un travailleur plus malchanceux que lui.

J'ai perdu des tonnes d'amis à cause de nos constants déménagements ; les gens entrent et sortent sans cesse de ma vie. Ma mère et mon père sont les seules personnes sur qui je peux vraiment compter ; mes grands-parents sont morts avant ma naissance et je n'ai ni oncles, ni tantes, ni cousins. Dès que mes parents et moi sommes installés dans une nouvelle ville, j'écris à mes anciens amis pour leur donner mon adresse et mon numéro de téléphone. Mais ils ne répondent pas à mes lettres et ne m'appellent presque jamais. Après quelque temps, je cesse de leur en vouloir de ne pas tenir leur promesse.

C'est sans doute plus facile ainsi. Je m'ennuie moins d'eux que s'ils m'écrivaient. Et j'ai appris à me faire très vite de nouveaux amis.

— Ce sera différent cette fois. On restera amies, dis-je avec enthousiasme à Élisabeth.

— Oui, parce que je t'écrirai, dit-elle avec grande conviction.

Ces mots familiers me font grimacer, puis je poursuis d'un ton joyeux :

— Mieux que ça : parce qu'on aura notre permis de conduire cet été. On pourra se rendre visite à chaque congé. Je n'aurai plus à demander à mon père de me conduire, je n'aurai qu'à lui emprunter la voiture !

— Mais tu ne pourras pas faire un long trajet en une seule journée.

Mon sourire vacille.

— Tu devras passer au moins une nuit chez moi, continue-t-elle.

Je détourne le regard.

— Qu'est-ce qui ne va pas, Marie-Pierre ?

Les mots sortent péniblement de ma gorge serrée :

— Tu penseras que je suis bizarre si je te le dis.

— Je ne penserai jamais aucun mal de toi.

— Tu ne comprends pas ! Tu ne voudras plus être mon amie.

— C'est ridicu…

Elle s'arrête en voyant l'expression sur mon visage, puis reprend :

— C'est très sérieux, hein ? Bien, de toute façon, tu n'as rien à perdre. Tu t'en vas à des dizaines de kilomètres d'ici. On ne se verra plus que quelques fois par année. Si je te déteste à cause d'une grosse faute que tu aurais commise… c'est pas comme si on devait se fréquenter tous les jours.

— Tu as raison, dis-je nerveusement. Mais je ne veux pas t'en parler ici.

— Je passerai te voir en rentrant chez moi après la classe.

— D'accord.

J'en ai le ventre serré d'appréhension.

On s'installe dans ma chambre avec un sac de biscuits et deux verres de lait. Le regard d'Élisabeth fait le tour de la pièce.

— Tu fais déjà tes bagages, dit-elle d'une voix triste.

— Il faut bien que je commence à un moment donné.

— On dirait que tu as presque terminé.

Je hausse les épaules. Je suis devenue une experte

de l'empaquetage. Et puis, je n'ai pas grand-chose à mettre dans mes valises. Mes parents n'ont pas d'argent pour m'acheter vêtements coûteux ou chaîne stéréo sophistiquée. Et ma mère est une maniaque de l'ordre. Elle ne garde rien qui ne nous est pas absolument nécessaire.

— Bon, dit Élisabeth, je suppose que c'est le moment d'en parler.

— Je suppose.

Je prends le temps de boire une gorgée de lait, puis je murmure :

— Je fais de mauvais rêves.

Élisabeth éclate de rire et s'exclame :

— Tu fais des cauchemars ? Tout le monde fait des cauchemars !

— Pas comme les miens. Je ne rêve pas que je suis toute nue devant la classe ou que je tombe dans un trou sans fond. Ce sont des rêves terribles dont je ne peux pas me réveiller.

— Tu me fais une farce !

Elle paraît plus curieuse qu'inquiète pour ma santé mentale, ce qui est rassurant. Puis je me dis qu'Élisabeth n'a pas bien compris, alors j'ajoute :

— Des fois, je bondis hors de mon lit et je cours dans la maison en hurlant. Je renverse des objets ; j'essaie de sortir dehors.

Je guette sur son visage les signes de la fin de son amitié.

— Tu es somnambule, sauf que tu cours les cent mètres.

Malgré moi, je souris. Puis je dis :

— Ce n'est pas ça, crétine ! J'ai l'impression que si je cesse de courir, je vais mourir ! Je sais que si je m'arrête, ce qui me poursuit me tuera.

— Tu fais ces drôles de rêves toutes les nuits ?

— Non. Mais si je me laisse aller et que je plonge dans un profond sommeil, ça m'arrive habituellement.

— J'ai fait des recherches sur les étapes du sommeil en première secondaire. C'est dans le sommeil profond qu'apparaissent les rêves les plus vifs.

— Moi, je ne peux pas m'en échapper. Parfois, mes parents ne parviennent même pas à me réveiller. Je sors de la maison sans qu'ils puissent me retenir.

— Oh ! Marie-Pierre, c'est effrayant !

Je hoche la tête.

— Il y a peut-être une cause biologique. As-tu été examinée par un médecin ?

— Par plusieurs. Une fois, mon père m'a emmenée au service des urgences parce que j'avais couru dans la rue et que j'avais été frappée par une voiture.

— C'est un miracle que tu sois vivante !

— Ce n'était pas si grave : j'avais seulement le bras cassé. La voiture était arrêtée à un feu rouge. C'est moi qui lui ai foncé dedans.

— Et encore ? demande-t-elle d'un ton qui veut dire : « Aussi bien tout me dire pendant qu'on est sur le sujet. »

— Je suis passée à travers la fenêtre d'une chambre située à l'étage quand j'avais sept ans. La vitre m'a coupé les bras et le visage à plusieurs endroits.

— Oh !

Je soulève ma frange et lui montre une cicatrice sur mon front.

— Le médecin au service des urgences, cette nuit-là, m'a demandé ce qui s'était passé et je lui ai parlé de mon cauchemar. Je n'en avais jamais parlé à personne. Quand je me blessais, je disais que c'était par maladresse. Mais lui, il me l'a demandé gentiment, sans me presser, même si d'autres patients attendaient qu'il s'occupe d'eux.

— Et qu'a-t-il dit à propos de tes cauchemars ?

— Il a dit qu'on les appelle des terreurs nocturnes, quand ce sont des cauchemars terribles dont on ne peut pas sortir. Et il a dit qu'elles disparaîtraient sans doute à la puberté.

— Mais elles n'ont pas disparu.

— Non, dis-je, une nausée me soulevant l'estomac.

— C'est pour ça que tu as toujours l'air fatiguée. Tu ne dors pas assez.

— Je dors deux ou trois heures à la fois. Je réussis habituellement à m'empêcher de m'endormir trop profondément. Je marche dans la maison, je regarde la télé et je bois du café. Puis je me repose pendant une heure ou deux.

— Et le jour, tu es membre du conseil étudiant, reporter pour le journal de l'école et responsable du programme de recyclage de l'école. Je croyais que tu étais simplement un bourreau de travail. Mais tu fais tout ça pour te tenir trop occupée pour dormir ou penser aux cauchemars, hein ?

— Ouais, me tenir occupée est ce qui me réussit le mieux. Penser, c'est presque aussi dangereux que dormir.

Mes crampes d'estomac sont constantes. Une douleur lancinante, née de la fatigue, s'installe dans mes tempes et mes yeux brûlent comme si on les avait aspergés d'acide. Mais j'ai l'habitude. Personne ne pourrait être en forme après n'avoir dormi que trois heures.

— Si on buvait un bon café ? dis-je en essayant de paraître joyeuse.

— Non, moi, je veux rêver cette nuit.

— À Serge ?

Pour une fois, elle ne me pince pas pour avoir osé prononcer le nom de Serge Simard.

— Je crois que ça se peut qu'il m'invite à la danse de fin d'année.

— J'espère qu'il le fera.

Je n'assisterai pas à cette danse. Je serai dans une nouvelle ville avec de nouveaux amis.

— S'il te plaît, dit Élisabeth, viens chez moi vendredi. On restera éveillées toute la nuit.

— Et si je m'endors ?

— Je serai là pour t'empêcher de te faire mal.

— Et si je te blessais ?

C'est ma pire peur, pire encore que la pensée de ne jamais me réveiller et de mourir aux mains de la démente qui me pourchasse. Je deviens violente pendant une terreur.

— Tu ne pourrais pas me blesser, dit Élisabeth d'un ton convaincu. On est les meilleures amies du monde.

Chapitre 2

Chez Élisabeth, on apporte au sous-sol assez de ravitaillement pour nourrir le conseil étudiant tout entier. On a aussi des sacs de couchage, des oreillers, des disques compacts et trois vidéocassettes.

J'inspecte la pièce : les deux fenêtres sont petites et haut placées. Une porte coupe-feu donnant sur un escalier de ciment est le seul passage direct vers l'extérieur.

Élisabeth ferme à clé la porte extérieure et verrouille l'autre de l'intérieur.

— Rassurée ? me demande-t-elle.

— Je ne connais pas ta maison, mon subconscient ne se souviendra peut-être pas de détails comme l'emplacement des portes, dis-je avec espoir.

Mais il y a aussi la porte donnant sur la cuisine. Élisabeth suit mon regard.

— Poussons la machine à coudre de ma mère au pied de l'escalier, suggère-t-elle. Tu devras grimper dessus pour arriver aux marches.

— Ça n'a pas d'importance : je ne m'endormirai pas cette nuit !

— Tu sais, ce ne serait peut-être pas une mauvaise idée que tu t'endormes et que tu aies un cauchemar.

— Ouais, et ça me ferait du bien de boire de l'essence.

— Le seul moyen de découvrir pourquoi tu continues à avoir ces cauchemars, c'est de les comprendre.

— Laissez-moi tranquille, docteur Freud, dis-je en prenant un biscuit.

— Je suis sérieuse. Je t'ai parlé de ma recherche sur le sommeil. Eh bien, il m'a fallu lire un tas d'articles sur le sujet. J'y ai appris que la plupart des rêves ont un rapport avec notre vie réelle. Ils nous signalent nos angoisses, mais ils utilisent un code.

— Je t'ai dit que mes rêves n'ont rien à voir avec ceux des autres gens…

— Que tu t'en rendes compte ou non, tu as peur ou tu es angoissée. Ça sort dans tes rêves parce que tu ne peux pas y faire face dans la réalité.

— C'est ridicule ! dis-je en riant un peu trop fort. Je mène une belle vie ! J'ai des tas d'amis, de bons résultats en classe et des parents qui forment un des rares couples à ne pas avoir divorcé… Il n'y a pas de problèmes dans ma vie que je ne puisse régler.

— Aucun que tu connaisses. La clé de l'interprétation d'un rêve, c'est de s'en souvenir et de le décoder. Quand tu comprends ce qui t'angoisse, tu peux éliminer tes peurs. Ensuite les rêves ne reviennent plus !

— C'est aussi simple que ça, hein ?

— Ça prend du temps, mais je parie qu'on peut résoudre ton cauchemar ensemble.

— Je te l'ai dit : pas question que je m'endorme cette nuit.

— Bon, mais je vais me tenir prête juste au cas, dit Élisabeth en prenant un crayon et un calepin. Quand tu auras atteint le sommeil profond, tes yeux bougeront sous tes paupières. Alors je te réveillerai et tu pourras me raconter exactement ce qui est arriv…

— Non !

— Je te réveillerai avant que ça devienne terrifiant. Promis ! Et je ne te laisserai pas sortir d'ici.

Je sais qu'Élisabeth veut m'aider, mais elle ignore que c'est devenu de plus en plus difficile de me réveiller. La démente vient plus près de moi et ses hurlements résonnent si fort dans ma tête que je n'entends pas mes parents crier. Ils doivent me secouer et, parfois, ce n'est même pas suffisant. De plus, si mon subconscient perçoit Élisabeth comme une menace, je pourrais la frapper.

Je saisis le combiné du téléphone posé sur la table basse.

— Qu'est-ce que tu fais ? demande Élisabeth.

— J'appelle quelques amis pour m'aider à rester éveillée.

— Je croyais que tu tenais à ce que personne ne sache…

— Ils n'ont pas besoin de le savoir. Jure-moi que

25

tu ne diras rien à propos des terreurs nocturnes. On les invite juste à passer quelques heures avec nous.

Elle me jette un regard soupçonneux et demande :

— Qui est-ce que tu appelles ? Je ne veux pas que Diane et Maryse viennent ici. Elles sont ennuyantes et, de toute façon, c'est censé être « notre » nuit.

— Ce n'est pas elles que j'appelle.

Je souris en voyant une expression horrifiée se répandre sur son visage tandis qu'elle me regarde composer le numéro.

— Marie-Pierre ! Tu n'oserais pas ! s'écrie Élisabeth en se précipitant pour m'arracher le téléphone des mains.

Je m'éloigne d'elle d'un bond et dis dans le microphone :

— Salut, Serge ! Tu fais quelque chose de spécial ce soir ?

À deux heures du matin, j'entends des mots qui ne sont jamais prononcés chez moi :

— Hé ! les filles, il est temps de dormir ! dit la voix de monsieur Roy, du haut de l'escalier. Les garçons, rentrez chez vous, maintenant.

— Oui, monsieur ! dit Serge en bondissant à un mètre d'Élisabeth.

Ils ont passé les quatre dernières heures collés l'un contre l'autre, les yeux dans les yeux, échangeant des baisers plutôt que de regarder le film. Paul Hamelin, qui était assis par terre près de moi, se lève tranquillement.

Paul est venu avec Serge pour qu'il y ait le même nombre de garçons et de filles. Il est correct. On a beaucoup parlé de l'école, mais on ne s'est même pas tenu les mains pendant les scènes romantiques du film. Il n'est pas mon genre.

— Merci de nous avoir invités, murmure passionnément Serge à Élisabeth.

— Merci d'être venus, murmure-t-elle de la même façon, entre leur dixième et leur onzième « dernier » baiser.

Les deux garçons sortent enfin et Élisabeth reverrouille les deux portes. Il est deux heures vingt. Je demande :

— Bon, qu'est-ce qu'on fait, maintenant ?

Élisabeth soupire rêveusement et se laisse tomber sur le divan. Je lui crie à l'oreille :

— Élisabeth Roy, tu as promis de m'aider à rester éveillée ! Tu te rappelles ?

Elle s'assied bien droite, mais ses paupières sont lourdes. Je n'aurais jamais dû la laisser me convaincre de passer la nuit chez elle.

— Je devrais peut-être rentrer, dis-je plus doucement.

— Non ! Je vais nous faire du café très fort.

Elle grimpe sur le meuble pour atteindre l'escalier. Un moment plus tard, je l'entends marcher dans la cuisine et remplir la bouilloire d'eau.

Je fais le tour du sous-sol en joggant et en respirant profondément. Ça me réveille.

Si je peux tenir le coup jusqu'à six heures, je rentrerai dormir une heure dans mon lit. Je connais un million de manières de combattre le dangereux sommeil profond qui me traque.

J'ai déjà essayé de dormir huit heures d'affilée en plein jour, pensant que les terreurs nocturnes ne pouvaient me visiter que la nuit. Mais je me suis retrouvée dans le même cauchemar. J'ai alors compris qu'il ne me suffirait pas d'inverser mes périodes de veille et de sommeil pour m'en débarrasser.

Élisabeth redescend avec deux tasses de café et des biscuits très sucrés. Je prends l'une des tasses, mais pas de biscuits. Les hydrates de carbone qu'ils contiennent agissent comme des calmants naturels.

— Merci, dis-je en buvant une gorgée de liquide fumant. C'est bon. Tu fais du meilleur café que moi.

Elle m'adresse un petit sourire fatigué.

— Ma mère achète un mélange spécial pour les invités. J'en ai piqué un peu. Elle ne dira rien parce que c'est une occasion spéciale.

Je suggère :

— Si on regardait la télé ?

— Encore la télé ? grogne-t-elle.

— Je ne pensais pas que tu en serais fatiguée. Tu n'as pas regardé l'écran une seule fois pendant le deuxième film.

Élisabeth rougit et boit un peu de café, puis elle dit :

— Si, je l'ai regardé.

— Pas tellement, dis-je avec un sourire. Est-ce que Serge t'a invitée à la danse ?

— Pas encore. Mais il va le faire… je pourrais le parier.

Je hoche la tête, contente pour elle.

— Je suppose que ce serait correct de regarder la télé, dit enfin Élisabeth en s'appuyant contre les coussins du divan. Je suis trop fatiguée pour me concentrer sur un jeu.

— Tu as promis.

— Je ne m'endormirai pas !

Je choisis une chaîne qui présente un *talk show* dont l'animateur est devenu une connaissance après toutes ces nuits passées en sa compagnie.

Je m'assieds en tailleur sur le sol et je ris chaque fois que l'animateur dit une bêtise particulièrement stupide. Élisabeth s'endort.

Je lui touche l'épaule.

— Serge… murmure-t-elle amoureusement.

Je n'ai pas le cœur d'interrompre son beau rêve.

J'ouvre un livre sur mes genoux pour tenir mon esprit occupé durant les pauses publicitaires. Un bon **Frissons** réussit toujours à m'empêcher de m'endormir.

Il commence à pleuvoir et la pluie joue un doux refrain sur le mur. Le *talk show* se termine. Trop prise par l'intrigue du roman, je ne prends pas la peine de changer de chaîne.

Un peu plus tard, je suis certaine que je lis, mais je sens le livre me tomber des mains au ralenti. Une torpeur m'enveloppe. J'ai l'impression que mon corps s'élève à quelques centimètres du sol.

« Réveille Élisabeth ! » dit une voix en moi.

Un seul cri la réveillerait. Elle me secouerait jusqu'à ce que je sois complètement sortie de mon engourdissement. Mais je ne peux pas rassembler assez de forces pour crier au secours.

Une partie de moi redoute le cauchemar, tandis qu'une autre désire qu'il revienne.

Je veux revoir la démente, même si je sais qu'elle a l'intention de me détruire.

Je suis transportée directement dans un corridor sombre. Il n'y a personne. Je suis sans doute secrètement inquiète de me retrouver seule dans une nouvelle école. Je découvre que je suis capable d'analyser au moins cette partie du rêve, comme le suggérait Élisabeth.

Je sens une odeur de nourriture. Suis-je près d'un restaurant ? Il y a d'autres odeurs, plus piquantes, qui me font penser à des produits chimiques.

Arrivée au tunnel, j'entends des pas derrière moi. Je cours à longues enjambées, mais soudain le tunnel est bloqué. Je frappe le mur ; j'y promène frénétiquement les doigts à la recherche d'une ouverture.

Le souffle de la démente brûle ma nuque. Je hurle :

— Non ! Non ! Laissez-moi !

Je me tourne pour l'affronter ; mais entre nous un poignard apparaît, luisant d'un éclat aveuglant.

J'essaie de repousser la démente, mais elle reste devant moi et me crie des absurdités tout en brandissant son arme.

Puis j'ai la vision d'une vague immense se brisant

sur moi. Persuadée que je vais me noyer, je crie :

— Au secours ! Au secours !

On me tire hors de l'eau… J'ouvre les yeux.

Élisabeth se tient devant moi, un verre à la main, le visage déformé par la peur.

— Ça va, lui dis-je. Merci, ça va aller maintenant.

Mais je ne peux pas cesser de trembler.

Chapitre 3

Je jette un regard alentour, haletant, le cœur battant la chamade.

— La bonne nouvelle, c'est que je ne suis pas sortie de ton sous-sol, dis-je en me laissant tomber sur une chaise.

— Il doit y avoir une explication à ces rêves, dit Élisabeth.

— Combien de temps est-ce que ça a duré ?

— Seulement quelques minutes, mais ça m'a paru interminable. Quand je me suis réveillée, tu grimpais sur une chaise pour essayer d'atteindre la fenêtre. J'avais beau te parler, tu n'avais pas l'air de savoir que j'étais là.

— Maman est toujours effrayée parce que j'ai les yeux ouverts et que je la regarde, mais je ne la reconnais pas.

— Moi, j'avais plutôt l'impression que tu regardais à travers moi... dans un autre univers.

Je frissonne. Le pire à propos des terreurs, c'est que je suis perdue dans une autre dimension. Une de ces nuits, je ne réussirai peut-être plus à en sortir !

— Je suis en train de devenir folle, dis-je en me prenant la tête dans les mains.

— Ne dis pas une chose pareille ! On va découvrir la cause de tout ça.

— Quand j'avais dix ans, un médecin avait dit que je devrais consulter un psychiatre. Mais mes parents ne croient pas à la psychiatrie et un traitement peut prendre des années. Comment veux-tu qu'on obtienne des résultats en quelques jours ?

— On peut tout de même commencer. Quand tu auras déménagé, on se téléphonera et on continuera de parler de tes cauchemars et de ce qui pourrait les provoquer. Pour le moment, raconte-moi tout ce dont tu te souviens de celui-ci.

— Comme toujours, la démente a essayé de me poignarder. Mais avant son apparition, je me promenais dans les corridors habituels en m'attendant à la voir ou… en l'attendant, on dirait. C'était presque comme si je voulais qu'elle vienne.

— Pourquoi crois-tu que tu voulais qu'elle vienne ? demande Élisabeth en écrivant dans un calepin.

— Je savais qu'elle viendrait.

Une pensée surprenante me frappe :

— J'avais besoin de la voir.

— Pourquoi ?

— Je ne sais pas ! dis-je en levant les mains dans un geste de frustration. Je suppose que je fais ce rêve depuis si longtemps que je m'attends à la voir. Peut-être que je me dis que si elle arrive, je me réveille-rai et ce sera terminé.

— Ça n'a pas de sens. Pourquoi est-ce que tu t'enfuis en hurlant si tu sais que ce n'est qu'un rêve et que tu vas te réveiller?

— Tu as raison. Je suis toujours convaincue que la terreur est réelle. Je suis persuadée qu'elle va me tuer.

— Il y a autre chose?

— Juste une vague sensation de chercher un objet que je ne peux pas retrouver. Je ne sais même pas ce que c'est. Puis la démente arrive et je dois courir, même si parfois je ne veux pas. C'est comme si une force me tirait en avant.

— Est-ce qu'elle t'attrape des fois?

— C'est plutôt flou, maintenant, mais je la vois venir tellement près que je sens son souffle. Quand je me tourne vers elle à la fin, sa bouche est près de mon visage et elle crie des mots que je ne com-prends pas.

— Elle te frappe parfois avec son couteau?

— Je... je ne sais pas. Je sens ce que ça ferait si elle me poignardait. Je crois entendre la lame grat-ter mes os et la voir pénétrer ma chair et faire cou-ler mon sang. Mais je ne sais pas si elle le fait ou si je l'imagine seulement.

— Tu devrais commencer à écrire tout ce dont tu te souviens dès que tu te réveilles, dit Élisabeth en posant son calepin. On s'en parlera et, à un moment donné, on trouvera la cause de tes cauchemars.

— De mes terreurs nocturnes.

Je la corrige parce que c'est important pour moi de leur donner leur vrai nom. Un cauchemar, c'est le mauvais rêve d'un enfant qui croit qu'un monstre est caché sous son lit. Je ne suis plus une petite fille. J'ai quinze ans !

— Dis-moi ce que j'ai fait pendant la terreur. Mes parents ne m'en parlent jamais. Je me réveille au bord de la route ou dans un placard. Ils se contentent de me dire que j'ai eu un mauvais rêve.

— Bien… tu as poussé des cris terrifiants. Ils m'ont réveillée. Puis tu as hurlé : « Lâchez-moi ! Ne me touchez pas ! »

Elle hésite et je me demande si elle ne passe pas sous silence certaines de mes paroles pour me ménager. Puis elle ajoute :

— Juste avant que je te jette l'eau à la figure, tu as crié : « Ne la laisse pas me prendre ! »

Lorsqu'elle prononce ces mots, je me souviens de les avoir entendu sortir de ma bouche. Je lui demande :

— Est-ce que j'avais l'air de t'appeler au secours ?

— Non. Je t'ai secouée, mais tu ne m'as pas reconnue. Tu as crié plus fort et tu as lutté contre moi.

C'est alors que j'aperçois le mince filet de sang sur sa joue.

— Je t'ai fait ça ?

— Tu ne savais pas ce que tu faisais. Tu bougeais les mains et un de tes ongles m'a griffée.

— Je suis désolée.

— Tu ne pouvais pas savoir… Ne t'en fais pas. On va découvrir ce qui se passe.

Au plus profond de moi, un doute terrible se glisse comme un serpent venimeux : et si la vérité était pire que la terreur ? Et si je regrettais d'apprendre la cause de ces rêves horribles ?

« Non ! me dis-je. La vérité, aussi affreuse soit-elle, ne peut pas être aussi terrible ! » Le pourrait-elle ?

Je déjeune chez Élisabeth.

Nous avons un lien particulier dorénavant. Elle connaît mon secret et ne me prend pas pour une folle, ce qui me réconforte.

« Elle a peut-être raison, me dis-je en rentrant chez moi. On pourrait découvrir ce qui provoque mes terreurs. »

Leur disparition m'apporterait le plus beau cadeau que je puisse imaginer : huit heures de sommeil ininterrompu chaque nuit.

En entrant dans la cuisine, je surprends la fin d'une conversation entre mes parents :

— … n'a pas le choix. On ne peut plus attendre, dit ma mère.

Je la regarde, préoccupée par son ton insistant.

Elle a toujours été nerveuse et pâle, assez costaude aussi. Elle mesure un mètre soixante-douze. Moi, je n'ai jamais dépassé le mètre soixante et je m'habille au rayon taille menue.

Maman m'a toujours dit que je tenais plus de la

famille de mon père que de la sienne. Étant de la même taille qu'elle, il est petit pour un homme, et très mince. Lui et moi, on a les mêmes cheveux d'un brun ordinaire.

Mes parents se taisent lorsqu'ils m'aperçoivent. Puis ma mère jette un bref regard nerveux à mon père avant de me dire, un sourire faux sur les lèvres :

— Bonjour, ma chouette !

Papa boit une gorgée de café tout en m'observant.

— Bonjour ! dis-je.

Je me dis souvent que leur vie serait plus joyeuse s'ils ne m'avaient pas. Mes terreurs nocturnes les épuisent. Je devine que mon père a perdu quelques emplois parce qu'il s'endormait au travail après être resté debout toute la nuit avec moi. À mesure que je grandis et deviens plus forte, ils doivent s'inquiéter de ce que je pourrais leur infliger lorsque je ne me maîtrise plus.

— Tu t'es bien amusée chez Élisabeth ? me demande ma mère un peu trop joyeusement.

J'aimerais pouvoir lui raconter combien ça a été affreux, mais elle a assez de sujets d'inquiétude avec le déménagement et tout ça. Je réponds :

— C'était correct. Est-ce qu'il y a un problème ?

Elle secoue vivement la tête. Ses cheveux teints en châtain cachent ses yeux. Puis elle se tourne vers mon père pour qu'il explique.

— Nos projets ont un peu changé, me dit-il gravement. On doit partir au plus tard mardi. Lundi serait encore mieux.

Je m'écrie :

— Non ! Il me restait quelques jours pour dire au revoir à mes amis !

— Je sais, mon chou, dit ma mère en se précipitant vers moi. Il faudra que tu le fasses pendant la fin de semaine. Ou tu pourrais leur envoyer une belle lettre d'adieu.

— Pourquoi est-ce qu'on doit partir si vite ?

— Pour mon travail, dit mon père en regardant son café.

— Tu n'en as pas, ne puis-je m'empêcher de dire amèrement, bien que je me sente coupable de ma méchanceté.

— Il y a de bonnes chances que j'en trouve un si on arrive là-bas mardi. Ils passent des entrevues dans une usine ce jour-là. Ta mère et toi, vous avez fait des prodiges d'empaquetage. Il n'y a plus aucune raison de retarder le départ. Je louerai la remorque pour dimanche soir. On pourra partir tôt, lundi matin.

Je croise les bras sur ma poitrine et le défie du regard. Il m'est venu une idée presque inimaginable, mais tentante :

— Et si je refusais de partir avec vous ?

Pendant un long moment, personne ne respire dans la pièce. Une expression angoissée crispe le visage de ma mère et la main de mon père tremble lorsqu'il dépose sa tasse sur la table. J'ai instantanément des remords.

— Tu dois venir avec nous… On est tes parents, dit mon père.

— Tu es trop jeune pour rester seule, ajoute vivement ma mère.

Mais je comprends ce qu'ils ne disent pas tout haut : « Tu as besoin de nous, Marie-Pierre. Si tu as une terreur nocturne, il n'y aura personne pour t'empêcher de sauter du haut du quatrième étage ou de courir au-devant d'un camion de dix tonnes roulant à toute vitesse ! »

Je lis la peur dans les yeux de ma mère. Mon père s'efforce de ne laisser paraître aucune émotion. Il me tourne le dos et regarde par la fenêtre.

« Ils ont peur pour moi... et peut-être même de moi », me dis-je en me rappelant l'égratignure sur la joue d'Élisabeth.

— C'était une blague, dis-je d'une voix rauque. Je ne ferais jamais de fugue.

— Je suis désolée qu'on soit obligés de déménager continuellement, ma chouette, dit ma mère. J'aimerais que les choses aient tourné autrement.

Elle jette un regard désolé à mon père, ce qui n'a aucun sens puisque c'est son inaptitude à garder un emploi qui nous force à déménager.

— Un jour, peut-être, ça changera, poursuit-elle. Peut-être qu'on aura une vraie maison où on pourra rester et apprendre à connaître nos voisins et...

Elle éclate en sanglots.

Je la prends dans mes bras, ce qui n'est pas facile, étant plus petite qu'elle.

— Tout ira bien, maman. Allons, je parie qu'on peut finir de tout empaqueter aujourd'hui.

— Tu es une gentille fille, Marie-Pierre, dit-elle en reniflant et en me caressant les cheveux. Tu es ma gentille fille. Dès qu'on aura loué un appartement, tu pourras écrire à Élisabeth pour lui donner ta nouvelle adresse.

Je baisse les yeux en pensant à toutes les lettres écrites à des amis qui ne m'ont jamais répondu.

«Il faut que tu sois différente, Élisabeth! crie mon cœur. J'ai besoin de toi!»

Chapitre 4

Le lundi matin, j'accompagne Élisabeth à l'arrêt d'autobus.

Lorsqu'elle monte à bord, elle a les larmes aux yeux. Deux filles du comité de recyclage me saluent tristement. Andrée Lalancette me tend une petite boîte ornée d'un ruban rose.

— On voulait te la donner demain à la réunion du Conseil, dit-elle.

Je hoche la tête, incapable de parler.

Le moteur de l'autobus gronde. Lorsque le véhicule démarre, je lui tourne le dos. Je ne veux pas garder le souvenir de mes amis disparaissant dans un nuage de poussière.

Tout en marchant, je dénoue le ruban rose et j'ouvre la boîte. Elle contient une petite licorne en cristal.

Ma gorge est tellement serrée que je ne peux pas avaler ma salive. «Pourquoi est-ce qu'on doit encore déménager?»

Mon père est déjà en train de remplir la remorque

accrochée à notre voiture, stationnée devant l'immeuble.

— Va aider ta mère, dit-il en m'apercevant.

J'entre dans l'immeuble en soupirant.

À midi, on est sur la route, mais papa n'est pas content.

— On a du retard sur l'horaire que j'avais préparé, fulmine-t-il. J'aurais dû aller chercher la remorque hier soir, comme prévu.

— Mais alors elle serait restée devant la maison toute la nuit, dit ma mère. C'était chercher les ennuis.

— Quels ennuis ? dis-je.

— Euh… les voisins. Ils se plaignent quand une remorque reste stationnée devant l'immeuble. Ils disent que ça attire l'attention.

— Tu t'inquiètes trop, dit mon père.

Ils changent de sujet de discussion quand ce dernier veut absolument faire de la vitesse. Alors ma mère ne cesse de répéter :

— Mieux vaut prévenir que guérir.

— Si tu es si préoccupé par l'horaire, passe par Montréal, dis-je à mon père. Le trajet que tu as tracé sur la carte nous fait faire un long détour.

— C'est une bonne idée, dit-il. On sauvera une heure en traversant la ville.

— Non ! crie ma mère en lui saisissant le bras. Es-tu fou ?

Surprise de sa réaction, je lui demande :

— Pourquoi est-ce qu'on ne peut pas passer par Montréal ?

— La… la violence, dit-elle, les yeux posés sur mon père. Carl, c'est dangereux ! Tu le sais ! Fais le détour.

— C'est dangereux partout, réplique-t-il tout bas.

— Pas tant qu'à Montréal, dit-elle en se tournant vers moi dans l'espoir que je l'aide à le convaincre. Il y a des bandes de malfaiteurs qui guettent les voyageurs comme nous.

— Tu exagères encore, grogne mon père. Tais-toi et laisse-moi conduire.

Mais elle ne se tait pas ; elle le harcèle pour qu'il prenne le plus long chemin, alors même qu'il lui dit être fatigué et avoir hâte d'arriver à destination.

J'en ai vite assez de leur discussion ; j'appuie ma tête sur ma veste roulée contre la portière. Je ferme les yeux, souhaitant pouvoir aussi me fermer les oreilles pour ne plus les entendre.

Le moteur de la voiture ronronne sur un rythme régulier, tandis qu'on nous double sur la grand-route. Mon père déteste l'idée de se faire arrêter par un policier pour excès de vitesse. Même lorsqu'on est pressés, il respecte les limitations de vitesse.

J'ai dormi pendant trois heures la nuit dernière et j'ai fait une petite sieste depuis, mais je me sens totalement épuisée. Élisabeth dirait que c'est de la tension émotionnelle.

Je me sens couler dans une inertie agréable. « Il ne faut pas que je m'endorme, me dis-je. Je n'ai pas sommeil. » C'est le jour et je ne suis même pas dans un lit. Je peux me relaxer, simplement fermer les yeux et me reposer…

Je suis soudain dans le tunnel de mes terreurs.

J'ai sauté la première partie du rêve et je me trouve au milieu du tunnel sombre et vide.

Je cherche je ne sais quoi.

Puis les pas se font entendre derrière moi. Je me tourne. «Elle» me poursuit, les cheveux fous, la bouche ouverte. Ses yeux brillent d'une lueur meurtrière.

— Arrête! hurle-t-elle. Reviens ici!

— Non! Lâchez-moi!

Je suis submergée par le sentiment d'être prise au piège. Je ne peux plus courir, je ne peux pas m'enfuir du coin où je suis acculée.

Je cherche frénétiquement une poignée, un verrou qui ouvrirait une partie du mur pour que je puisse passer de l'autre côté, là où je serais en sécurité. Je ne vois pas son couteau, mais je sais qu'elle le cache sur elle pour s'en servir dès que je serai à sa merci. Je sens ses mains sur moi qui agrippent mes vêtements et me tirent à elle.

J'ai trouvé une poignée. J'ouvre une porte et me jette par l'ouverture.

Une fraction de seconde avant de toucher le sol, mes yeux s'ouvrent et je suis horrifiée, comprenant ce que je viens de faire.

L'asphalte délimité par une ligne de peinture jaune se précipite vers moi. Instinctivement, je présente mon épaule pour amortir l'impact, mais je heurte violemment la chaussée. Des éclats de douleur me traversent de part en part. Des bruits stridents de klaxons et de freins résonnent autour de moi. J'ai l'impression que chacun de mes os se brise.

Puis il y a une noirceur bienfaisante — plus de douleur, plus de terreur, plus rien…

— Appellez ses parents. Elle se réveille, dit une voix lointaine.

Je garde les yeux fermés, préférant deviner d'abord si je suis en train de rêver. Les morts rêvent-ils ?

Des doigts fermes tâtent mon poignet droit, mon bras, mes côtes. Je gémis quand une douleur soudaine me vrille la poitrine.

— Marie-Pierre, appelle gentiment une voix masculine.

Je me souviens de m'être endormie dans la voiture et d'être tombée sur l'autoroute.

J'ouvre les yeux : un homme au visage étroit me sourit. Je lui demande :

— Je suis en un seul morceau ?

— Plus ou moins. C'était une fameuse chute.

— Mes parents ?

— Ils arrivent. Ils sont à la cafétéria. Ça fait un moment que tu es sans connaissance. Je les ai envoyés prendre un café pendant qu'on s'occupait de toi.

— S'occupait de moi ?

— Tu t'es démis la clavicule en tombant de la voiture. Et quelques-unes de tes côtes sont brisées. Elles te causeront un peu d'inconfort pendant un certain temps. Si je les bandais ?

— Merci.

J'essaie de comprendre comment j'ai pu m'endormir si vite dans la voiture. J'ai dû ouvrir la portière arrière. Les mains qui me retenaient dans mon cauchemar étaient sans doute celles de ma mère.

Je déteste penser à ce que je lui ai fait subir. Et maintenant papa est en retard pour son entrevue.

Je m'assieds pour que le médecin mette le bandage. Sur la carte épinglée sur son uniforme, je lis : DR PIERRE VANIER.

— Tu veux me dire pourquoi tu t'es jetée de la voiture ? demande-t-il.

— Toujours la même histoire, dis-je en soupirant. Je me suis endormie sur la banquette arrière. Parfois, je fais des rêves bizarres. Je crois que c'est vrai et je… je fais des choses.

Il cesse d'enrouler le bandage et étudie mon visage avant de demander :

— Tu es somnambule ? Tu marches pendant ton sommeil ?

— Disons plutôt que je cours, je saute… Un médecin a dit à mon père que ça cesserait à la puberté. Il appelait ça des terreurs nocturnes.

— Vraiment ! Alors tu crois que ton rêve était si terrifiant que ça t'a forcée à ouvrir la portière et à sauter du véhicule en marche ?

— Ouais. C'est bizarre, hein ?

Je ris jaune, essayant d'avoir l'air amusée par toute l'affaire.

— Bizarre, en effet.

Il fronce les sourcils, comme si je l'intriguais, puis il ajoute lentement:

— Dans cet hôpital, il y a une clinique des troubles du sommeil. Une de mes collègues y poursuit justement une recherche intéressante sur les terreurs nocturnes.

— Quand elle publiera un livre, je le lirai.

— Je ne crois pas qu'elle publie bientôt le résultat de ses recherches. Mais je suis persuadé qu'elle aimerait te parler.

— Je ne suis pas un cobaye.

— Je pense seulement qu'elle pourrait t'aider. En retour, tu peux lui fournir une information qui lui sera utile.

— Je... Je ne sais pas. On n'est que de passage et...

Maman entre en trombe, suivie par mon père. Ils se précipitent vers moi.

— Ça va, Marie-Pierre? s'enquiert maman. Docteur, elle n'a rien de grave?

— Sa clavicule était démise. Nous l'avons replacée. Les rayons X montrent quelques côtes brisées et, comme elles sont sensibles au toucher, je les protège par un bandage.

— C'est tout? On peut s'en aller? demande ma mère d'un ton soulagé.

Le docteur Vanier m'adresse un sourire encourageant, puis il dit à mes parents:

— Je ne crois pas que c'est une bonne idée.

Marie-Pierre l'a échappé belle. Si elle était tombée du côté gauche de la voiture, elle aurait presque certainement été frappée par les véhicules qui passaient. Elle a évité de justesse une fracture du crâne. À quelle vitesse rouliez-vous?

— À quatre-vingt-cinq kilomètres/heure, avant qu'elle... répond mon père en hésitant. Avant qu'elle commence à tourner la poignée.

— Alors voyant qu'il y avait un risque qu'elle tombe, vous avez ralenti?

— Oui, je devais faire plutôt cinquante-cinq kilomètres/heure quand elle est tombée.

— Ça a du sens. À cause de la vitesse réduite, le choc a été moins grand.

— Alors pourquoi est-ce qu'elle ne peut pas quitter l'hôpital? demande ma mère en se tordant les mains.

— Il serait préférable que Marie-Pierre passe une nuit ou deux avec nous, dit fermement le docteur Vanier.

— C'est impossible, dit mon père. Je dois aller à une entrevue aujourd'hui.

— Alors, allez-y, tandis que Marie-Pierre se repose, suggère le docteur Vanier. Il y a une possibilité qu'elle ait des lésions internes. Une hémorragie interne peut se produire après coup. Si c'est le cas, nous devrons opérer immédiatement.

Maman se tourne vers mon père, le visage blanc de peur, et lui dit:

— Elle ne peut pas rester ici, Carl!

— Je sais… Je sais, marmonne-t-il.

— Une collègue va examiner Marie-Pierre, dit le docteur Vanier. Voyons ce qu'elle en dit.

Je suis assise bien droite sur ma chaise dans une salle d'attente. Dès que je me laisse aller ou que je respire profondément, une vive douleur jaillit de mes côtes comme un éclair.

— Marie-Pierre Jolicœur! appelle la réceptionniste.

Mes parents m'accompagnent dans la pièce qu'on me désigne. Il n'y a pas de table d'examen, mais un grand bureau et des fauteuils. Trois murs sont tapissés de livres. Le quatrième est percé d'une large fenêtre qui donne sur une rue achalandée.

Trop nerveuse pour rester assise, je regarde par la fenêtre. Un magasin attire mon attention. J'ai dû le voir dans des annonces publicitaires parce qu'il fait naître en moi des images de Noël et de tas d'animaux en peluche.

La porte s'ouvre et une jolie jeune femme entre dans la pièce.

— Je suis le docteur Claire Bourgeois, me dit-elle. Tu as d'intéressantes aventures nocturnes à me raconter, paraît-il, Marie-Pierre.

— On n'est pas ici pour parler de cauchemars, dit ma mère, étonnée. Le docteur Vanier a dit que ma fille devait être examinée par un autre médecin pour voir si elle a des lésions internes.

— Je ne suis pas cette sorte de médecin, réplique calmement Claire Bourgeois. Le docteur Vanier veut que je rencontre Marie-Pierre pour me rendre compte si elle peut participer à mes recherches.

— Non ! déclare ma mère en se levant brusquement.

Sans lui prêter attention, le docteur Bourgeois commence à lire le formulaire que j'ai rempli dans la salle d'attente. J'y ai décrit tout ce dont je me souviens de mes terreurs nocturnes.

— Vous devriez accepter que Marie-Pierre reste avec moi quelque temps, dit-elle à ma mère. Elle a vécu des moments difficiles à cause de ses terreurs et celles-ci ne semblent pas vouloir cesser d'elles-mêmes. En fait, elles deviennent de plus en plus violentes. Nous étudions ce genre de troubles du sommeil et nous pourrions l'aider.

— Il y a d'autres jeunes comme moi ? dis-je en m'asseyant.

— D'autres souffrent de terreurs, mais je n'ai jamais rien vu de semblable à ce qui t'arrive, Marie-Pierre. Ton cas est vraiment inhabituel. Je serais intéressée à ce que tu restes avec nous quelques semaines.

Elle s'adresse directement à moi. C'est la première fois que j'ai l'impression d'avoir mon mot à dire à propos de mon avenir.

— Tes parents peuvent habiter gratuitement au manoir avec les autres parents de patients qui nécessitent des soins prolongés.

— Non ! répète ma mère, le regard déterminé.

Nous ne resterons pas ici.

— Mais maman ! Peut-être qu'ils peuvent vraiment m'aider !

— Je n'ai pas confiance dans les hôpitaux. Ils te plantent des seringues dans les veines, ils t'ouvrent le ventre et pour quoi ? crie-t-elle d'un ton hystérique. Tu seras mieux à la maison avec moi, où je pourrai te soigner.

Mon cœur se serre. Durant un moment je me suis permis d'espérer. Mais il n'y a pas moyen de discuter avec ma mère lorsqu'elle pique une crise.

Claire Bourgeois fait le tour de son bureau pour venir se placer devant moi et me dit :

— Marie-Pierre, tu es assez vieille pour donner ton opinion. Si tu veux recevoir une aide médicale, dis-le. Tes parents devraient accepter ta décision. Et s'ils refusent, je peux faire venir un travailleur social. Tes parents compromettent ta sécurité en refusant de te permettre de rester là où tu peux recevoir de l'aide.

— Si vous croyez que mes parents me négligent, c'est faux, dis-je.

— Sans doute, dit-elle en me tapotant les genoux. Mais continuer à te laisser souffrir alors que ta participation à nos recherches pourrait t'aider… ce n'est pas juste.

Ma mère a les larmes aux yeux et ses mains tremblent.

— S'il te plaît, ma chouette, partons d'ici, geint-elle. Je prendrai soin de ma petite fille.

— Maman, rien de ce qu'on a essayé ne donne des résultats. Ici, ils peuvent peut-être m'aider. Je veux me débarrasser de mes terreurs !

Ma mère pâlit. Mon père enlève mécaniquement des fils d'une jambe de son pantalon.

— Si vous interdisez à votre fille de rester, j'en informerai les autorités, affirme le docteur Bourgeois.

Ma mère renifle et cherche un mouchoir dans son sac à main.

— D'accord, Marie-Pierre peut rester, dit-elle. Mais seulement pour quelques jours… jusqu'à ce qu'on sache si elle a une hémorragie interne. C'est tout le temps que vous aurez pour faire cesser ses cauchemars, puis nous partirons.

Ma mère a toujours été nerveuse mais, présentement, elle semble au bord de l'évanouissement.

Chapitre 5

Je regarde les millions de trous des carreaux insonorisants au plafond de ma chambre d'hôpital.

Docteur Bourgeois a d'abord voulu m'installer dans une des chambres de son service au cinquième étage. Mais elle n'y a pas de personnel infirmier capable de soigner une hémorragie interne soudaine. Elle et le docteur Vanier ont décidé de me garder dans l'aile réservée aux ados, par mesure de sécurité.

— Tu auras une chambre privée, m'a-t-elle expliqué. Je dois te brancher à différents appareils dès que tu te couches pour dormir et ces appareils prennent de la place.

Je soupçonne qu'ils ont une autre raison de me donner une chambre privée. Ils craignent que si une patiente partage ma chambre, je lui fasse du mal.

Dans le miroir accroché à la porte, je vois le reflet des petits capteurs fixés sur mon visage et ma tête. De longs fils les rattachent aux machines placées près de mon lit. Lentement, je lève le bras pour atteindre la sonnette à côté de l'oreiller.

— Tu n'as pas besoin d'une infirmière, dit une voix douce.

Je me tourne brusquement, surprise de ne pas être seule. Claire Bourgeois se lève de sa chaise et dépose un calepin sur la table de nuit.

Ennuyée qu'elle m'ait regardée dormir, je lui demande :

— Vous êtes ici depuis combien de temps ?

— J'ai passé la nuit ici, dit-elle en bâillant. Je suppose que tu voudrais qu'on t'enlève ces fils pour aller à la toilette, hein ?

— Ce serait bien.

— Tu n'as pas rêvé, dit-elle en enlevant délicatement les capteurs.

— Non, je n'ai pas cessé de m'obliger à me réveiller.

— J'ai remarqué. C'est comme ça que tu évites d'avoir des terreurs nocturnes ?

— C'est la force de l'habitude. Ça fonctionne, à moins que je ne sois vraiment trop fatiguée ou que je perde ma concentration au mauvais moment.

— Étant donné que nous n'avons pas beaucoup de temps, je veux que tu t'appliques à te fatiguer pendant la journée. Le soir, essaie de te relaxer lorsque tu te couches. On veut que tu rêves pour t'observer et comprendre ce qui se passe dans ta tête, Marie-Pierre.

— Mais c'est tellement affreux. Je ne veux pas…

— Je ne te laisserai pas mourir entre les mains du monstre de tes terreurs, affirme-t-elle en me regardant avec bonté. Et je ne te laisserai pas te blesser tant que tu es avec moi. Plonge dans les terreurs quelques fois encore et nous pourrons peut-être t'en débarrasser à tout jamais.

— D'accord. Mais comment est-ce que je ferai de l'exercice dans un hôpital?

— Ce ne sera pas si difficile, dit-elle en riant. D'autres patients dans cette aile passent leurs journées dans une salle de récréation. Et une bénévole vient chaque jour avec un chariot plein de livres. Je préviendrai les infirmières que tu as la permission de te promener dans les lieux publics de l'hôpital. Mais ne sors pas de l'édifice. Pas de jogging dans le parc d'en face, d'accord?

J'ai sans doute vu une photo du parc dans une brochure. Mon esprit m'envoie une image d'herbe verte, d'un lac et de balançoires en mouvement qui semblent toucher le ciel.

Je ferme la porte de la salle de bains et je me regarde dans le miroir. Ma joue droite semble avoir été frottée avec du papier de verre.

Lorsque je sors de la salle de bains, je demande:

— Est-ce que je pourrais mettre du fond de teint sur ma joue?

— Oui. As-tu besoin d'autre chose?

— Non, merci, j'ai tout ce qu'il faut dans ma trousse de maquillage.

Elle inscrit mon nom sur une carte qu'elle glisse dans un macaron de plastique transparent.

— Porte ceci pour pouvoir circuler sans inconvénient dans l'hôpital. Et profites-en pour faire la connaissance d'autres patients.

— Je ne resterai que quelques jours, dis-je.

Je ne tiens pas à me faire des amis que je perdrai presque aussitôt.

— Il peut y avoir moyen de prolonger ton séjour parmi nous, dit-elle avec un clin d'œil.

Elle rassemble ses effets et ajoute, avant de sortir :

— Sur la table de nuit, tu trouveras une feuille de papier sur laquelle j'ai écrit le numéro de mon poste et quelques directives à ton intention. Quand tu décideras de faire une sieste et lorsque tu te coucheras pour la nuit, appelle-moi. Je viendrai brancher les capteurs et te tenir compagnie. Passe une bonne journée !

Lorsqu'elle est partie, j'explore l'hôpital. Au bout d'une demi-heure, je constate deux choses : l'hôpital est immense et je suis perdue.

Apercevant un plan de l'étage sur le mur, je m'en approche pour l'étudier.

— Je peux t'aider ? me demande une voix grave.

Je me tourne pour me trouver en face d'un garçon de mon âge, qui penche la tête pour me regarder.

Il est tellement grand que mes yeux sont à la hauteur du deuxième bouton de son sarrau blanc. Il a un sourire amical et des yeux bruns au regard bon.

— Salut ! lui dis-je. Je suis perdue. Je… J'essaie de retrouver l'aile réservée aux ados.

Son regard se pose sur mon bras maintenu contre ma poitrine pour immobiliser mon épaule.

— Tu t'es déplacé la clavicule ? demande-t-il.

Je hoche la tête.

— Qu'est-ce qui t'est arrivé ?

— Une espèce d'accident d'auto, mais pas vraiment… Tu promets de ne pas rire ?

— D'accord.

— Je suis tombée de l'auto de mes parents.

Son long visage s'éclaire d'un sourire.

— Tu as promis !

— Je n'ai pas ri, j'ai souri, proteste-t-il. Et puis ce n'est pas tous les jours qu'une jolie fille tombée de voiture se retrouve dans mon hôpital.

— Ton hôpital ?

— Bien, c'est comme ça que je l'appelle. Je passe tellement de temps ici et je connais tout le monde.

— Tu n'es pas déjà médecin, hein ?

— Non, mais je veux le devenir plus tard. En attendant d'avoir fini mon secondaire, je fais du bénévolat. Dès que je le pourrai, je m'inscrirai en médecine.

— Ta vie semble toute décidée d'avance.

J'aimerais que la mienne soit moins mouvementée pour pouvoir faire des projets, moi aussi. Je regarde le nom sur sa carte.

— Benjamin Prieur ?

— Oui, excuse-moi, j'aurais dû me présenter… Marie-Pierre Jolicœur ?

Il a lu le nom inscrit sur ma carte. Il me tend la main en ajoutant :

— Bonjour, Marie-Pierre !

Aussitôt que je saisis sa main, je comprends pourquoi il me l'a tendue. C'est une sorte d'invitation. Ses longs doigts se referment chaleureusement autour des miens et je les sens me passer un message : « Tu me plais. Je veux te revoir. »

— Je vais te raccompagner à ta chambre, offre-t-il. Je dois aller par là de toute façon pour amener un patient en radiologie. C'est ma dernière tâche avant de partir pour l'école.

Lorsqu'on arrive à ma chambre, je vois que le plateau du déjeuner est posé sur une tablette perchée au-dessus de mon lit.

— Délicieux, dit Benjamin en levant les yeux au ciel.

— La nourriture n'est pas bonne, ici ?

— Oui, si tu aimes ce qui n'a aucun goût.

Je soulève le couvercle : les crêpes ont une odeur de carton chaud. Je jette un coup d'œil à Benjamin en faisant la grimace.

— Je t'emmènerai manger des beignes frais au *Dunkin' Donuts*, me glisse-t-il à l'oreille.

— Je ne peux pas sortir de l'hôpital, répliquai-je, surprise de sa suggestion, car il doit connaître les règlements.

— Tu es ici seulement en observation, pas vrai ?

— Oui. Je n'ai rien de grave, à part ça, dis-je en montrant mon épaule.

— Parfait ! Écoute, il y a plein de choses qu'on n'est pas censé faire dans la vie. De temps en temps, tu dois saisir des occasions.

Son regard s'assombrit et il ajoute mystérieuse-
ment :

— Es-tu du genre à prendre des risques, Marie-
Pierre ?

— Je ne sais pas.

— Les gens qui prennent des risques sont plus
intéressants, chuchote-t-il, avant de sortir.

« Étrange ! » me dis-je. Mais il est plus qu'étrange,
il est le plus beau garçon qui ait jamais manifesté de
l'intérêt pour moi.

Soudain, je me sens prête à prendre des risques.
Je décide que je n'essaierai pas de rester éveillée
cette nuit. Je me laisserai envahir par les terreurs. Je
plongerai dans un sommeil de mort.

On frappe à la porte et, sur mon invitation, une
fille entre en tirant un chariot chargé de livres.

— Bonjour, Marie-Pierre ! me dit-elle joyeusement. Je suis Valérie Toupin.

— Bonjour, Valérie !

Elle a un visage rond et pâle. Un peu plus grosse
qu'elle le devrait, elle n'a pourtant pas l'air flasque,
comme ma mère. Il y a des muscles sous sa peau.

— L'infirmière m'a dit que tu devais prendre
beaucoup d'exercice. Viens faire la tournée avec
moi et tu pourras me raconter ton histoire, me pro-
pose-t-elle.

— D'accord.

Je lui raconte tous nos déménagements, tandis
qu'elle pousse son chariot dans le couloir et frappe
aux portes pour offrir aux patients un livre, un maga-

zine ou une vidéocassette. Ils la connaissent tous et elle me présente à tout le monde.

Le symbole de quarantaine est apposé sur quelques portes fermées. Je dis à Valérie que c'est dommage que ces malades ne puissent profiter de la lecture d'un bon livre.

— Oh ! ils le peuvent ! m'explique-t-elle. Je garde des magazines et des livres de poche à part pour les malades contagieux. Ils les emportent lorsqu'ils quittent l'hôpital ou ces livres sont détruits. On ne peut pas stériliser le papier.

Pendant que nous marchons, Valérie me donne de nombreux renseignements sur l'hôpital. Lorsqu'on arrive devant un rideau de plastique au bout d'un couloir, auquel est accroché un écriteau sur lequel on peut lire : CHANTIER DE CONSTRUCTION. ENTRÉE INTERDITE., elle m'explique :

— Cette nouvelle aile aura huit étages. C'est ici que s'ouvrira le passage communiquant avec l'édifice principal. En plus d'ajouter des lits disponibles à chaque unité, ce pavillon supplémentaire comprendra un laboratoire de recherche sur le cancer.

À la fin de la matinée, j'ai l'impression de connaître l'hôpital de fond en comble.

— Je dois m'en aller, maintenant, dit Valérie en rangeant son chariot. J'espère que ton épaule guérira vite. À bientôt !

Les heures de visite sont de midi à seize heures. Souffrant d'une de ses grosses migraines, maman ne vient pas. Papa harcèle le docteur Vanier :

— Quand saurez-vous si Marie-Pierre a une hémorragie interne ?

— Dans quarante-huit heures… sans doute, répond le docteur Vanier, après m'avoir examinée. Êtes-vous pressé de quitter Montréal, monsieur Jolicœur ?

— Je dois passer une entrevue pour un emploi, dit faiblement mon père.

— Poursuivez donc votre route, votre femme et vous. Tu n'aurais pas peur de rester ici, n'est-ce pas, Marie-Pierre ?

— Bien sûr que non.

— Tu es sûre ? me demande mon père d'une voix hésitante.

— Docteur Vanier et docteur Bourgeois prennent bien soin de moi.

Je me sens étrangement en sécurité ici. J'ai ressenti une impression de familiarité en me promenant dans l'hôpital avec Valérie. C'était comme si j'y étais déjà venue. Mais si je l'ai fait, c'était dans une autre vie.

C'est peut-être simplement parce que tout le monde est si gentil.

Mon père réfléchit en regardant ses mains, qui sont rêches et calleuses après tant d'années de durs travaux dans des usines et des entrepôts.

— Ce n'est pas une mauvaise idée de nous en aller, marmonne-t-il avant de me jeter un regard pénétrant. Tu es sûre que tu ne veux pas venir avec nous? Je ne peux même pas te laisser un numéro de téléphone.

— Je veux savoir pourquoi j'ai des terreurs nocturnes, dis-je doucement. Je ne peux plus les supporter, papa.

Il pâlit et chancèle.

— Tu as connu des moments très difficiles… Nous aussi, dit-il. Docteur Vanier, je vais essayer de convaincre ma femme de partir avec moi. Marie-Pierre peut rester.

Une heure plus tard, papa me dit au revoir. Il a l'air si misérable que j'aimerais pouvoir lui remonter le moral. Le mieux que je puisse faire, c'est de guérir pour qu'il n'ait plus à essayer de me rattraper dans la rue en pleine nuit.

Je me dirige vers le salon, espérant y trouver de quoi me faire oublier l'expression abattue de mon père et l'approche de la nuit aux terreurs trop familières.

Chapitre 6

À travers la paroi vitrée, je vois deux garçons de mon âge penchés sur une table de billard. D'autres jeunes malades regardent un film.

Je poursuis mon chemin et entre dans un ascenseur. Je presse le bouton marqué GÉRIATRIE. C'est l'étage réservé aux vieilles personnes et Benjamin m'a dit qu'il aimait y travailler.

En sortant de l'ascenseur, je me trouve près du bureau des infirmières. Deux d'entre elles sont occupées à fouiller frénétiquement dans les classeurs.

L'une saisit le combiné et dit d'une voix nerveuse :

— Le dossier n'est pas ici, docteur. Nous avons cherché partout !

Elle jette un regard désespéré à sa compagne, avant d'ajouter :

— Bien sûr que je comprends à quel point c'est important. Mais le patient est mort il y a plus d…

Elle écoute en se massant doucement la tempe, puis raccroche brutalement.

— Le docteur Grenier est encore de mauvaise humeur ? demande sa collègue.

— Le dossier de monsieur Tremblay est aux archives. Est-ce ma faute s'il ne l'y trouve pas ? Il s'en vient ici pour le chercher lui-même !

Je m'éloigne dans le couloir.

— Ne reste pas là, Lucie ! Entre, ma fille ! dit une voix rauque du fond d'une chambre.

Sur la carte épinglée à la porte ouverte, je lis : ADÈLE CARTIER.

Dans la chambre, j'aperçois une vieille dame fièrement assise dans le lit, comme si c'était un trône. Un livre posé sur ses genoux lui sert d'écritoire.

Je demande :

— C'est à moi que vous parlez ?

— Évidemment ! Vois-tu une autre Lucie dans les environs ?

— Je m'appelle Marie-Pierre, mais je peux entrer si vous voulez de la compagnie.

— Je ne devrais pas être seule, tu sais, me dit la vieille dame en scrutant mon visage.

— Pourquoi ?

— Es-tu aveugle ? Je suis vieille !

— Euh… Vous n'êtes pas si vieille que ça.

— J'ai quatre-vingt-onze ans. C'est fichument vieux, ça, Lucie !

— Et comment vous sentez-vous, aujourd'hui ? dis-je en approchant une chaise de son lit, sans relever l'erreur de nom.

— Vraiment bien. J'ai été très occupée, mais ça fait du bien à l'âme.

— Occupée ?

— J'ai écrit à mes amis. J'ai fini six lettres. Elles contiennent des renseignements secrets.

La vieille dame est adorable avec ses yeux bleus pétillants, son halo de cheveux blancs et son bon sourire. Nous parlons ensemble jusqu'à ce qu'une infirmière entre dans la chambre.

— Vous avez une invitée, madame Cartier? Comme c'est agréable!

— Je vous présente ma fille Lucie!

— Enchantée de faire votre connaissance, Lucie, dit l'infirmière en m'adressant un clin d'œil.

Je lui serre la main en riant: pour être la fille de madame Cartier, je devrais avoir au moins cinquante ans.

— Est-ce que ton cousin Maurice est arrivé? me demande la vieille dame.

Je jette un regard interrogateur à l'infirmière qui secoue légèrement la tête.

— Non, dis-je, il ne pouvait pas venir aujourd'hui.

— Il habite à Montréal et il n'est venu me voir qu'une seule fois, alors que toi, Lucie, tu fais le voyage depuis Sherbrooke. Puisque tu es ici, Lucie, je n'ai pas besoin d'envoyer ces lettres. Quoique je devrais sans doute le faire, pour être sûre.

L'infirmière me lance un regard signifiant qu'elle m'expliquera tout plus tard.

— Vous devriez vous reposer, maintenant, madame Cartier, dit-elle. Une femme de votre âge se fatigue vite après une pneumonie.

— D'accord. Si vous postez mes lettres.

— Elles partiront à la première heure, demain matin, affirme l'infirmière en mettant les lettres dans la poche de son uniforme.

L'infirmière sort et je m'apprête à la suivre, lorsque madame Cartier me dit :

— Attends, Lucie ! Je veux te parler seule à seule !

Je me penche sur le lit et la vieille dame m'agrippe pour me souffler à l'oreille :

— J'ai écrit la vérité à mes amis, mais tu dois tout savoir, toi aussi… au cas où il m'arriverait quelque chose… Ils essaient de me tuer !

— Personne n'essaie de vous tuer, dis-je en luttant pour lui faire lâcher prise.

— Si, ils essaient ! crie-t-elle. Ils me tueront, comme les autres…

— Madame Cartier ! tonne une voix dans mon dos.

Je me retourne. Un médecin se tient dans l'ouverture de la porte. Ses sourcils broussailleux forment une ligne sombre au-dessus de ses yeux. Ses cheveux mal coupés grisonnent sur les tempes. Son corps est raide de colère.

— Qui es-tu ? me demande-t-il en s'avançant pour mieux me voir.

— Docteur, vous ne reconnaissez pas ma chère Lucie ? Rappelez-vous, je vous ai montré sa photo.

— Je viens de l'unité réservée aux ados, dis-je. Je me suis juste arrêtée…

— Sors d'ici ! gronde-t-il.

Sa colère est impressionnante. Je passe timidement devant lui pour sortir.

«Ça doit être le docteur Grenier», me dis-je, ennuyée d'avoir croisé sa route.

L'infirmière qui était dans la chambre de madame Cartier attend l'ascenseur. Elle m'adresse un petit sourire et dit :

— Je suis désolée que tu te sois fait disputer par le docteur Grenier. C'est un excellent médecin. Seulement, de temps en temps, il pique des colères.

— J'ai fait quelque chose de mal ?

— Personne n'est censé flâner dans les couloirs. Les patients peuvent circuler dans leur unité de soins et dans les endroits publics, mais les chambres privées sont considérées comme des lieux interdits.

— Je m'excuse, je ne savais pas.

Les portes de l'ascenseur s'ouvrent et j'y suis l'infirmière.

— Quand un de nos patients reçoit de la visite, nous sommes enchantés, dit-elle. Certains n'ont plus de famille. Ils se sentent seuls.

L'ascenseur s'arrête et, lorsque les portes s'ouvrent, je sors derrière l'infirmière. Alors que je m'apprête à lui parler des craintes de madame Cartier, je la vois jeter les lettres de la vieille dame dans une poubelle.

— Hé ! Ne faites pas ça !

— Je ne peux pas les poster, réplique l'infirmière d'un ton triste. Toutes ces personnes sont mortes il y a longtemps. Madame Cartier oublie qu'elle a assisté à leurs funérailles.

— Oh ! c'est triste !... Écoutez, elle m'a dit qu'on essayait de la tuer, qu'il y avait eu plusieurs morts à l'hôpital et qu'elle allait être la prochaine victime.

— Pauvre vieille, elle le croit probablement.

— Ces morts, elle les a juste imaginés ?

— Pas entièrement. Malheureusement, nous avons perdu plusieurs bénéficiaires durant ces trois derniers mois.

— Elle allait me nommer le meurtrier.

— Tu as entendu parler de la maladie d'Alzheimer, Marie-Pierre ? Madame Cartier n'a pas toujours toute sa raison. Tu as vu ? Elle te prenait pour sa fille Lucie.

— Peut-être que sa fille pourrait…

— Lucie est morte il y a deux ans, à l'âge de soixante-huit ans. Madame Cartier était trop faible pour assister aux funérailles, mais on lui a appris la mort de sa fille.

En route vers le troisième étage, j'aperçois une longue silhouette en blanc : Benjamin ! Un frisson agréable me parcourt l'échine et je me sens pleine d'énergie.

— Salut ! dit-il en souriant. Je me suis arrêté à ta chambre en passant et l'infirmière m'a dit qu'elle ne t'avait pas vue depuis des heures.

— Je me suis promenée. J'ai fait la connaissance d'autres patients et j'ai essuyé la colère d'un médecin.

— Ça m'est arrivé souvent, dit-il en riant. C'était lequel ?

— Grenier.

— Pauvre toi. Il est terrible. J'essaie de l'éviter.

— Je ne faisais rien de mal. Je visitais ma nouvelle amie, une gentille vieille dame.

Je ne sais pas pourquoi je l'appelle mon amie. On a passé peu de temps ensemble. Mais je n'ai pas connu mes grands-mères et elle est la grand-maman idéale.

— Comment s'appelle-t-elle ?

— Adèle Cartier.

— Qu'est-ce qu'elle t'a raconté ? demande-t-il, un sourire aux lèvres.

— Que quelqu'un veut la tuer.

Je m'attends à ce qu'il éclate de rire, mais il murmure :

— Seigneur ! Ces vieux en inventent de fameuses, hein ? On ne peut pas croire la moitié de ce qu'ils disent, ajoute-t-il en essuyant la sueur sur son front. Allons jouer à la salle de récréation. Il est vingt heures trente et j'ai officiellement fini ma journée.

On s'amuse jusqu'à vingt-deux heures, puis il me raccompagne à ma chambre.

Je voudrais qu'il me tienne compagnie plus longtemps, mais je ne dois pas oublier que les autres dorment plus de trois heures par nuit. Et j'ai promis de me laisser emporter par les terreurs nocturnes, cette nuit.

— Tu seras là demain ?

— Tu peux en être certaine, répond Benjamin.

Pliant son long corps, il m'embrasse vivement sur la joue en disant :

— Fais de beaux rêves.

Je reste longtemps immobile, la main sur la joue qu'il a embrassée. Puis je compose bravement le numéro du bureau de Claire Bourgeois.

Elle décroche à la première sonnerie.

— Je suis prête à m'endormir, lui dis-je.

Chapitre 7

J'avance dans les corridors que je vois en rêve depuis que je suis toute petite. Les passants me saluent et me sourient, mais le rêve est différent cette fois : je sais où je suis.

Il n'y a aucun doute dans mon esprit : je ne suis ni dans un immeuble de bureaux ni dans une école, je suis à l'hôpital. Tous les détails sont exacts : les chambres le long du couloir principal, les corridors secondaires, l'odeur de désinfectant et de médicaments...

Et je suis sûre également que je n'ai pas quinze ans. Tous ceux que je croise se penchent vers moi et ils me parlent avec ces intonations qu'on prend quand on s'adresse aux tout-petits.

Mes jambes doivent être courtes, car chaque pas ne me mène pas loin. Il n'y a pas de miroir pour que je puisse voir de quoi j'ai l'air.

Le corridor se rétrécit et s'assombrit. Je continue à avancer, malgré la peur qui me tenaille. Puis je l'entends courir après moi.

Je suis consciente que je ne dois pas résister au rêve, mais me soumettre entièrement à ses pouvoirs, bien que je ne me souvienne pas pourquoi. Je me tourne pour faire face à la démente qui fonce vers moi à toute allure, la bouche tordue par l'effort.

Une voix en moi dit: «Attends… Attends… Laisse-la approcher…»

Mais une force extérieure me tire brusquement et, soudain, mes pieds frappent rapidement le sol et les murs défilent à mes côtés. Après un tournant, je tombe dans un puits… Je tombe sans fin…

La voix derrière nous… Nous? Pourquoi est-ce que je pense «nous»? La voix derrière moi devient hystérique de fureur. La femme hurle:

— *Arrête! Je vais te tuer!*

Je sais que c'est vrai. Si elle nous rattrape — voilà que je recommence —, si elle me rattrape, elle me poignardera. Je peux imaginer, comme dans un film d'horreur, la lame plonger dans ma chair, puis en sortir et le sang couler de la blessure tandis que je m'écroule en retenant mes viscères d'une main et en hurlant de douleur.

— Marie-Pierre! Réveille-toi…

Je hurle que je veux être seule pour mourir en paix. Si j'ouvre les yeux, elle sera là avec son couteau sanglant…

— Marie-Pierre, c'est moi… Claire Bourgeois. Réveille-toi. On a du travail.

À ce mot, mon cerveau change de régime. J'ouvre les yeux.

— Docteur Bourgeois ! C'était terrible ! Elle me poursuivait et je voulais m'arrêter pour lui faire face, mais quelque chose me tirait et je lui ai presque échappé, mais…

— Assieds-toi, Marie-Pierre, ordonne-t-elle en prenant mon pouls.

Elle me fait asseoir sur une chaise de dactylo. On est dans un bureau près d'un mur qui a été défoncé pour permettre de communiquer avec la nouvelle aile en construction. De l'air glacé souffle à travers le trou bouché par un rideau de plastique.

— Tu t'es enfuie de ta chambre, explique Claire Bourgeois. On est au premier. Tu as descendu par l'escalier réservé au personnel. T'en es-tu servie quand tu as exploré l'hôpital ?

— Je suppose… Non ! J'ai utilisé l'ascenseur et les escaliers publics.

— Je sais que ce serait plus confortable dans ta chambre, dit-elle en lâchant mon poignet. Mais je veux t'interroger avant que tu oublies les détails de ton rêve. D'accord ?

— Bien sûr. J'en tremble encore. Elle était si proche et si réelle. J'ai vu mon sang couler quand elle m'a poignardée. J'ai senti la lame en moi.

— Alors, ta poursuivante t'a attrapée cette fois ?

— Noooon, dis-je lentement en examinant les scènes déjà en train de s'effacer dans mon esprit. On est tombées dans un profond tunnel ou dans une cage d'escalier…

— Tu incorporais à ton rêve la vraie course que

tu faisais à travers les couloirs de l'hôpital et dans les escaliers... Intéressant! dit-elle en prenant des notes dans un calepin.

— Je suppose. En tout cas, la vision s'est arrêtée, mais j'ai pu imaginer ce qui se passerait si elle m'attrapait. C'était aussi réel que la terreur nocturne.

— Il y a pourtant une différence importante : tu es passée d'un rêve que tu ne pouvais pas contrôler à un autre où tu ajoutais tes propres détails. Tu as imaginé la conséquence logique de son attaque. As-tu vu quelque chose de particulier dans le décor de ton rêve ?

— Oui ! J'étais dans cet hôpital-ci ! C'est bizarre. Avant, je ne reconnaissais jamais le décor du rêve.

— Ton environnement a tellement changé ces deux derniers jours que tu l'as intégré à ta terreur nocturne.

— Peut-être.

Il me semble qu'il y a plus que ça.

Je me souviens d'un autre détail :

— J'étais toute petite. Au début du rêve, les gens se penchaient vers moi pour me parler comme si j'étais un bébé.

— Bon. Très bon.

— En quoi est-ce si bon ?

— Ce qui nous arrive dans notre petite enfance laisse souvent des impressions puissantes sur le reste de notre vie. Il est possible qu'un événement traumatisant, survenu alors que tu étais très jeune, soit à l'origine de tes terreurs nocturnes. Celles-ci disparaîtront lorsque tu en connaîtras la source.

— Il ne m'est jamais rien arrivé de grave, dis-je alors que je commence à avoir la migraine. Je me suis cassé le bras et, une autre fois, je me suis coupée sérieusement, mais les deux accidents sont arrivés quand j'avais déjà des terreurs nocturnes.

— Quand est-ce que ces accidents ont eu lieu?

— J'avais dix ans quand je me suis cassé le bras. J'ai couru dans la rue et une auto passait… J'avais environ sept ans quand j'ai sauté à travers la vitre de la fenêtre de ma chambre.

— Alors ce qui a déclenché tes terreurs est arrivé avant tes sept ans, dit-elle en écrivant un gros sept sur son calepin. Jusqu'à quel âge peux-tu remonter dans tes souvenirs, Marie-Pierre?

— Euh… Je me souviens que je jouais à la poupée avec des amies. Ça devait être en première année. Oh oui! j'avais donné ma poupée préférée en cadeau d'adieu! C'est moi qui déménageais. Puis j'ai changé d'idée et j'ai voulu ravoir ma poupée. La petite fille n'a pas voulu me la rendre et j'ai pleuré pendant des jours.

J'aimerais que ma tête cesse de me faire si mal pour pouvoir penser plus clairement.

— C'était triste, mais pas suffisamment grave pour provoquer des terreurs nocturnes. Essaie de retourner plus loin dans le passé.

— Je ne peux pas… Tout le reste est flou.

— De vieilles photos de famille pourraient stimuler ta mémoire.

— On n'en a aucune. Mes parents n'ont jamais acheté d'appareil photo.

— Des photos d'école?

— Vous savez ce que c'est quand on déménage souvent. Ce genre de choses se perdent.

— D'accord. Il y avait autre chose?

— Non, c'est tout ce dont je me souviens. Et vous? Vous comprenez mieux mon cas?

— Un peu, dit-elle avec un bon sourire. Comme je le soupçonnais, tu n'as pas des terreurs nocturnes classiques. Tu mêles cauchemar et terreur nocturne. Celui qui souffre de terreurs n'en garde habituellement aucun souvenir. Il saute à bas de son lit et court dans la maison; il ne se réveille pas même si on le secoue ou lui jette de l'eau froide à la figure. À son réveil, il ressent une vague sensation de danger, sans pouvoir dire d'où elle vient.

Je l'écoute attentivement.

— Les terreurs nocturnes apparaissent pendant une période de réveil partiel, poursuit-elle. Quelque part entre le sommeil profond et l'éveil, mais le cerveau n'est pas pleinement actif. Les cauchemars, eux, apparaissent durant le sommeil paradoxal, une phase correspondant aux périodes de rêve. On est en proie à une sorte de paralysie pendant le sommeil paradoxal, sans doute une défense de notre organisme pour se protéger des blessures. On se souvient des rêves, mais on ne peut pas bouger pendant qu'ils ont lieu.

— Est-ce que ça veut dire que je deviens folle?

— Pas du tout! me répond-elle en me serrant dans ses bras pour me réconforter. Ton cerveau essaie simplement de résoudre un problème que tu ne comprends pas, qui n'a aucun sens dans ta vie consciente.

— Si je retrouve des souvenirs plus anciens, on pourra trouver la cause de mes terreurs?

— C'est très possible... Es-tu fatiguée, maintenant? Pourras-tu dormir?

— Ouais, je crois.

Elle se tourne vers la porte et me prend la main pour m'emmener avec elle.

— Non!

J'ai crié en libérant ma main et je m'écarte d'elle. Je suis aussi surprise qu'elle de ma réaction.

— Qu'est-ce qu'il y a, Marie-Pierre? Je ne te veux pas de mal.

— Je sais, dis-je, toute tremblante. Excusez-moi, c'est sorti tout seul.

Elle se penche vers moi pour m'observer et chuchote:

— Réfléchis, Marie-Pierre. Pourquoi t'es-tu écartée de moi? De quoi as-tu eu peur?

— Oh! c'est le rêve!

Je tremble violemment. Je réussis tout de même à expliquer:

— Plusieurs fois pendant la terreur, j'ai pensé «nous», au lieu de «moi». C'est confus. C'est comme si je n'étais plus toute seule à fuir la démente. Quand j'ai cessé de courir pour la regarder, quelqu'un m'a prise par la main et m'a forcée à m'enfuir.

— Quelqu'un t'aidait?

— Je... Je suppose.

— Cette personne était aussi dans tes rêves précédents?

Après avoir réfléchi un moment, je réponds:

— Oui. Je pense qu'elle a toujours été là, mais je ne m'en rendais pas compte.

— Bien, ça te revient. La nuit prochaine, tu te rappelleras peut-être encore plus de détails. Au moins tu sais que tu n'étais pas seule dans ta terreur. Quelqu'un t'aidait.

Je hoche lentement la tête. Je voudrais la croire, mais l'affirmation me paraît fausse.

— Mais le rêve finit toujours trop tôt. Je ne vois jamais cette personne.

Claire Bourgeois se met en marche et, cette fois, je la suis docilement vers l'ascenseur.

— Je vais te dire un secret, dit-elle. Tu as le pouvoir d'intervenir dans tes rêves, de les prolonger ou de les changer.

— Je n'ai jamais songé à les prolonger, dis-je en frissonnant.

— Considère ça comme une expérience scientifique. La prochaine fois, dis à ton corps dans le rêve de s'arrêter et de se tourner vers la démente pour lui demander ce qu'elle te veut.

— Ce qu'elle veut, c'est me tuer! Elle va me rire en pleine face, puis elle m'enfoncera son couteau dans le cœur.

— Peut-être pas. Peut-être qu'elle te dira pourquoi elle te poursuit depuis tant d'années.

— Vraiment?

Elle me fait un sourire d'encouragement alors qu'on s'arrête devant les portes de l'ascenseur, puis elle dit:

— Vraiment. Ça en vaut la peine, tu ne trouves pas?

— Et si le rêve s'achève avant que j'aie pu poser la question ou entendre la réponse? Comment est-ce qu'on prolonge un rêve?

— Tu dis à ton moi dans le rêve d'écarter les bras et tu tournoies sur toi-même. Ça paraît bizarre, mais plusieurs de nos patients, capables de tournoyer, peuvent prolonger leur rêve ou passer à une autre scène.

— Je veux que les terreurs s'en aillent, pas qu'elles durent plus longtemps.

— Elles ne s'en iront que lorsque tu en auras découvert la cause.

Je ferme les yeux et je dis d'une voix rauque:

— Je ne sais pas ce que je peux encore supporter.

— Sois forte. Tu es capable.

Je hoche la tête, espérant qu'elle ait raison.

Chapitre 8

Docteur Bourgeois me ramène dans ma chambre et me tient compagnie jusqu'à trois heures du matin. Après avoir donné des instructions à l'infirmière en service, elle va se coucher. J'ai aussi besoin de quelques heures de sommeil sans rêves. Je ferme les yeux.

Lorsque je les ouvre, le soleil est levé. Mes yeux brûlent comme tous les matins, mais je sais qu'il vaut mieux ne plus dormir. Ce serait dangereux.

Un bouquet de ballons flotte au pied de mon lit.

— Cadeau d'un admirateur ? demande Valérie qui vient d'entrer avec son chariot de livres.

Je lis la petite carte attachée à l'une des ficelles : *Je souhaite que tu guérisses, mais pas trop vite.* Et au verso : *Je veux que tu restes ici encore un peu. Bisous. Benjamin !*

Je vais éclater de bonheur.

— C'est de Benjamin Prieur, dis-je à Valérie. C'est gentil, hein ?

— Étonnant! Il est toujours tellement sérieux, avec ses projets de faire médecine. Il n'a même pas de petite amie.

Je suis surprise: il est beau, quoique pas d'un genre classique. Et il est vraiment aimable.

Toute la journée, chaque fois que je regarde les ballons, je pense à Benjamin. Suis-je plus qu'une amie pour lui?

L'après-midi, à l'heure des visites, je vais voir madame Cartier. Mais elle dort.

Alors que je m'apprête à quitter sa chambre, j'aperçois une lettre dans sa main droite. Je m'approche. Il n'y a qu'un nom écrit sur l'enveloppe: Lucie.

Ça ne change rien qu'il n'y ait pas d'adresse puisque la lettre sera jetée à la poubelle, de toute façon. À moins… qu'elle me soit adressée. Je la glisse dans ma poche et sort de la chambre.

M'apercevant dans le corridor, le docteur Grenier crie:

— Hé! Toi! Qu'est-ce que tu fais ici?

Je m'enfuis, sans comprendre pourquoi il me fait si peur. Sa colère semble hors de proportion: ce sont les heures de visite.

J'ai mal aux côtes. La course secoue mes os. J'aperçois une sortie à ma droite. Oubliant ma clavicule démise, je donne un bon coup d'épaule pour ouvrir la porte.

Hurlant de douleur, je chancèle en haut des marches.

Mon pied glisse et je suis projetée en avant dans

l'escalier en ciment. Une grande main saisit mon chemisier et me retient au dernier moment.

— Pourquoi es-tu revenue? me demande-t-il en me secouant, puis il me lâche.

— Je suis venue voir mon amie, madame Cartier. Ce sont les heures de visite et j'ai la permission de quitter mon unité.

— Tu n'as pas la permission de son médecin pour la visiter. Je suis son médecin.

Quelque chose en moi me pousse à lui répliquer sur le même ton:

— Justement la personne à qui je voulais parler. Je peux visiter madame Cartier?

Il examine mon bras en écharpe et la carte épinglée sur mon chemisier. Puis il demande:

— Que fais-tu dans cet hôpital? Nous n'hospitalisons pas les patients pour une clavicule cassée.

— Je suis en observation. Un risque d'hémorragie interne.

— Comment peut-on t'observer si tu ne restes jamais à la même place?

— Je dois prendre de l'exercice. Ça m'aide à dormir. Vous ne m'avez pas répondu: est-ce que je peux visiter madame Cartier?

Il ne semble pas habitué à ce qu'on lui réplique.

— Je ne veux pas de toi dans mon unité, gronde-t-il.

— Madame Cartier se sent seule.

— Retourne à ton unité et restes-y!

Plus il crie, plus je m'entête:

— Mon médecin dit que je peux la quitter.

— Qui est ton médecin?

— Docteur Bourgeois.

Je comprends mon erreur aussitôt: j'aurais dû dire docteur Vanier.

— Bourgeois? Elle n'a rien à voir avec... Tu participes à ses recherches sur les troubles du sommeil?

— Oui.

— Depuis combien de temps es-tu une patiente de cet hôpital?

Il m'a agrippée par le bras et le serre si fort que ça fait mal.

— Deux jours. Lâchez-moi.

Je me libère et m'écarte de lui.

— Alors tu ne connais pas madame Cartier depuis plus longtemps que ça?

— En effet. Est-ce qu'elle va guérir?

— Oui, dit-il distraitement. Elle rentrera chez elle demain.

— Bon.

Je me dirige vers l'ascenseur, certaine que Grenier me regarde partir.

Ce n'est qu'une fois de retour dans ma chambre que mon cœur se remet à battre normalement. Grenier m'intrigue tout autant qu'il m'effraie. Je veux savoir pourquoi ça le met dans cet état que je parle à une de ses patientes.

J'ouvre l'enveloppe. La lettre de madame Cartier est datée d'aujourd'hui:

S'il te plaît, reviens me voir dès que possible. J'ai peur de ne jamais pouvoir rentrer dans ma chère maison. L'homme dont je t'ai parlé est dangereux! Si personne ne l'en empêche, il me tuera comme il a tué les autres. Je ne sais pas pourquoi il leur a fait du mal, alors que c'est après moi qu'il en a. Il n'y a aucune limite à sa méchanceté. S'il te plaît, aide-moi!

> *Ta mère aimante,*
> *ADÈLE CARTIER*

Au moment où je glisse la lettre sous mon oreiller, Benjamin entre dans ma chambre.

— Oh! salut, Benjamin! Merci pour les ballons.

Il sourit.

— Peut-être que madame Cartier aimerait en recevoir, me dis-je tout haut.

— Fais ça vite: j'ai entendu dire qu'elle quittait l'hôpital demain.

— Est-ce qu'elle souffre d'un complexe de persécution?

— Pas que je sache. Pourquoi tu me demandes ça?

— Elle m'a écrit une lettre dans laquelle elle dit que des patients ont été tués par un gars qu'elle n'identifie pas. Elle croit que c'est elle qu'il cherche à éliminer et qu'elle sera sa prochaine victime.

— En gériatrie, ils ont perdu six patients au cours des deux derniers mois, dit Benjamin, dont le beau visage s'empreint de sérieux. C'est presque le double du nombre habituel. Je trouve ça pas mal étrange, mais ça ne veut pas dire…

— Est-ce qu'ils ne font pas une autopsie pour voir si le malade est mort de cause naturelle ?

— Seulement si la famille le demande ou si le médecin traitant a des soupçons. C'étaient de vieilles personnes.

Il vient s'asseoir près de moi sur le lit et dit d'une voix douce :

— Des bébés naissent, des gens meurent. C'est le cycle de la vie, Marie-Pierre.

— Je sais. Je n'aime pas l'idée de la mort, surtout si elle est violente.

— Comme dans tes cauchemars ?

Surprise, je lui demande :

— Comment sais-tu que j'ai des cauchemars ?

— J'ai assisté à la réunion d'information de l'équipe du matin. Les infirmières de nuit ont vu Claire Bourgeois qui essayait de te rattraper dans les corridors. L'équipe du quart suivant doit être au courant de ce genre de choses.

Je retiens des larmes d'humiliation. Je ne voulais pas qu'il sache que j'ai des terreurs nocturnes.

— Marie-Pierre, ça va ?

— Oui… Je suis juste fatiguée.

— Je dois m'en aller de toute façon.

Il se penche vers moi, mais je détourne la tête. Je

n'ai pas envie d'être embrassée. Il se lève et se dirige vers la porte en disant:

— Ne t'inquiète pas pour madame Cartier. Elle va rentrer chez elle.

— Bien sûr, dis-je, mais je ne peux m'empêcher de frissonner en me souvenant du contenu de sa lettre.

Le soir, j'appelle Élisabeth. J'ai besoin de parler à une amie.

— Je suis contente d'entendre ta voix, dit-elle. Comment est ton nouvel appartement?

Je lui raconte tout.

— Tu aurais pu mourir! s'écrie-t-elle. J'espère que ce docteur Bourgeois pourra t'aider. Qu'en pensent tes parents?

— Ils sont partis hier. Ma mère a vraiment paniqué quand j'ai dit que je voulais rester à l'hôpital. Elle a promis d'appeler dans quelques jours pour voir si je n'ai pas changé d'avis.

— Toutes les mères s'énervent quand leurs enfants sont malades.

— Ouais, mais il y a quelque chose à propos de Montréal qui la rend folle… Souviens-toi, elle avait refusé que j'y vienne à une exposition avec la classe.

— Elle s'inquiète pour toi.

— Admets qu'elle exagère.

— Toutes les mères exagèrent pour protéger leurs enfants.

— Qui es-tu? Jean Piaget?

— Non, Jeannette Bertrand. Parle-moi de ta vie sentimentale.

Je lui parle de Benjamin, puis je lui dis au revoir.

Les terreurs apparaissent toujours deux ou trois heures après que je me sois endormie. Je veux me coucher tôt pour ne pas faire veiller Claire Bourgeois toute la nuit.

Mais je me réveille de moi-même vers vingt et une heures. Docteur Bourgeois est assise près de mon lit. Sa tête est penchée et ses yeux fermés. Je dois aller à la salle de bains. Je retire les capteurs et descends du lit. Elle se réveille immédiatement et demande :

— Ça ne va pas, Marie-Pierre ?

— Si. Je ne crois pas que j'aurai de terreurs cette nuit. Vous devriez rentrer chez vous.

— Tu en es sûre ?

— J'en suis presque sûre.

Lorsque je sors de la salle de bains, elle me dit :

— Je vais prévenir l'infirmière de service de venir te voir toutes les demi-heures. Et je passerai te saluer à mon arrivée demain matin.

Chapitre 9

J'avais raison : je ne m'endors pas.

Je réfléchis à ce que le docteur Bourgeois m'a dit. Lorsque j'étais petite, il a dû se passer quelque chose de terrible qui a fait naître les terreurs nocturnes. Je me force à me souvenir et, petit à petit, des scènes du passé me reviennent en mémoire.

Mais, soudain, un bruit ténu attire mon attention : c'est le son d'un frottement de tissu. Quelqu'un bouge dans ma chambre.

Je vois une silhouette se déplacer dans la pièce sombre. C'est peut-être une infirmière venue vérifier que tout va bien. Mais l'intrus ouvre un tiroir de ma commode et commence à fouiller dedans.

Je regarde, effrayée, mais de plus en plus en colère. Je soulève silencieusement mon drap et je m'assois.

— Garde ? dis-je. Qu'est-ce qui se passe ?

La silhouette s'immobilise. Je ne peux même pas dire si c'est un homme ou une femme. Mais l'individu en vêtements sombres n'est certainement pas une infirmière.

Je cherche le bouton d'appel à côté de mon oreiller. Il n'est pas où je l'avais laissé.

L'intrus n'a pas répondu. La peur me touche la nuque de son doigt glacé.

— Vous n'avez pas le droit de fouiller dans mes affaires, dis-je. Sortez !

L'intrus se fond dans les ténèbres. La porte de ma chambre reste close. J'entends des bruits sourds près de ma table de nuit.

Alors que je saute à bas du lit, les capteurs se décollent de ma peau. Je bondis vers la porte.

Mes doigts effleurent le métal de la poignée lorsqu'un objet lourd s'abat sur ma tête.

— Qu'est-ce qui t'est arrivé ? demande une infirmière en m'aidant à me relever. Tu es tombée ?

— Non ! Quelqu'un m'a frappée sur la tête.

— Je vais appeler docteur Bourgeois, dit-elle d'un ton impatient en me ramenant à mon lit. Repose-toi.

— Appelez la police ! Quelqu'un m'a attaquée !

Je touche la blessure à l'arrière de ma tête. Mes doigts sont poissés de sang.

L'infirmière s'en va. Je vois que le bouton d'appel a été arraché.

Je sors dans le couloir, une main pressée sur ma blessure.

— Que fais-tu hors de ton lit ? demande l'infirmière en me saisissant le bras.

— Regardez! dis-je en penchant la tête.

— Comment t'es-tu fait ça?

— Je ne me suis pas fait ça. Quelqu'un m'a frappée!

— Fabienne! crie-t-elle à sa collègue. Appelle docteur Bourgeois. Et dit au médecin de garde de venir soigner mademoiselle Jolicœur.

— Qu'est-ce que je dis au docteur Bourgeois? demande l'infirmière Fabienne.

— Dis-lui que sa patiente a fait un autre cauchemar et qu'elle s'est blessée.

— Non! Je ne me suis pas blessée moi-même. Quelqu'un est entré dans ma chambre et m'a frappée!

— Allons! Calme-toi! dit l'infirmière.

Elle m'agrippe plus fermement et me reconduit à ma chambre.

— Mais l'intrus…

— Je suis restée ici toute la nuit. Si quelqu'un avait essayé d'entrer dans ta chambre, je l'aurais vu.

— Et s'il était monté par l'escalier de service?

— C'est ridicule: des gens qui se faufilent au milieu de la nuit pour frapper les patients.

Il est inutile de discuter avec elle.

Claire Bourgeois arrive un peu plus tard. Lorsque je lui parle de l'intrus, elle dit:

— C'est difficile de croire qu'en tombant, tu te serais heurté le haut du crâne… Est-ce que tu te souviens de ton rêve?

— Je n'ai pas rêvé. Il y avait quelqu'un dans ma

chambre. Il a paniqué quand je lui ai barré le chemin.

Elle soupire. C'est alors que je me rappelle les souvenirs que j'ai retrouvés.

— Je n'ai pas dormi, mais je me suis souvenue de scènes de mon passé. Dans le premier souvenir, j'avais sept ans. J'avais traversé la vitre d'une fenêtre fermée pendant une terreur nocturne. En m'éveillant, j'ai cru que ma mère était blessée. Mais c'était mon sang qui tachait ses vêtements. Elle m'avait sans doute tenue dans ses bras en attendant l'ambulance. Puis je me suis souvenue de mon inscription en maternelle.

— Tu devais avoir cinq ans alors.

— Le directeur ne voulait pas m'admettre à son école parce que mon acte de naissance manquait à mon dossier. Je me sentais coupable parce que je croyais que c'était ma faute. J'aimais dessiner et parfois, quand je ne trouvais pas de feuille de papier, je prenais tout ce qui me tombait sous la main.

— C'est bon. Comprends-tu maintenant, Marie-Pierre, que tu ne dois pas t'en vouloir pour la disparition de ton acte de naissance? Tous les petits enfants aiment dessiner et le font parfois là où ils ne devraient pas. C'est normal.

Je suis certaine qu'il y a plus que ça, qu'une chose terriblement importante m'échappe. Je poursuis dans mes souvenirs:

— Une fois, mes parents ont été furieux contre moi parce que je les avais espionnés. Ils discutaient et mon père accusait ma mère de fuir quelque chose.

— S'est-elle enfuie pour épouser ton père ? Peut-être qu'elle était enceinte et craignait de l'avouer à ses parents ?

— Elle devait avoir environ trente ans quand elle m'a mise au monde. Mes parents se sont mariés alors qu'ils approchaient de la trentaine.

— Bien… Tu finiras par trouver la signification de tout ça. Si tu te souviens d'autre chose, tu découvriras sans doute la clé de tes terreurs.

— Et pourquoi est-ce qu'on m'a attaquée ?

— Les infirmières n'ont vu personne entrer ou sortir de ta chambre.

— Alors, vous ne me croyez pas, vous non plus ?

— Est-ce qu'il te manque de l'argent ou des bijoux ? Est-ce qu'on t'a volé quelque chose ?

— Non.

— Tu vois ! Il n'y a aucune raison pour que quelqu'un te fasse du mal.

J'en ai la nausée. Quelqu'un m'a fait du mal et pourrait revenir m'en faire !

— On est levée de bonne heure, ce matin ! dit Benjamin en entrant dans ma chambre.

— Repose-toi, aujourd'hui, me dit le docteur Bourgeois. Benjamin pourrait t'emmener manger des crêpes à la cafétéria.

Elle lui jette un regard insistant qui me donne à penser qu'elle lui ordonne de garder un œil sur moi.

La colère bout dans mes veines. Je me détourne pour que Benjamin ne voie pas à quel point je suis

furieuse qu'elle ne me croie pas et me fasse surveiller.

Je reste assise sur le bord de mon lit tandis qu'elle
sort de la chambre. Malgré moi, les larmes roulent
sur mes joues. Pourquoi ne me croit-on pas ?

— On dirait que tu connais la mauvaise nouvelle, me dit Benjamin.

— Quelle nouvelle ?

Apercevant le bandage sur mon crâne, il
demande :

— Hé ! Qu'est-ce qui t'est arrivé ?

Je lui parle de l'intrus.

— C'est terrible ! dit-il.

— Quelle nouvelle ? dis-je à nouveau.

Chapitre 10

— Madame Cartier est morte la nuit dernière, m'apprend Benjamin.

Je répète dans un souffle :

— Elle est morte ?

Il hoche la tête.

— Mais elle allait mieux ; le docteur Grenier disait qu'elle pouvait rentrer chez elle.

— Je ne sais pas si on peut croire ce qu'elle dit dans sa lettre, mais il se passe des choses inquiétantes à l'hôpital. J'en suis sûr.

— Pourquoi tuer des vieilles personnes ?

— Je ne sais pas s'il y a juste des patients âgés. J'ai remarqué que les décès en gériatrie sont plus nombreux que la normale. Il faudrait que j'analyse les dossiers de chaque unité de soins pour voir si j'y trouve le même phénomène.

— Tu peux consulter les dossiers des patients ?

— Pas facilement, avoue-t-il d'un ton grave.

Il me prend la main et je sens la sienne trembler.

— Une autre chose m'inquiète, dit-il encore.

— Quoi?

J'aime qu'on partage un secret ensemble, même s'il est morbide. Je me sens plus proche de lui.

— La nuit de la mort de madame Cartier, quelqu'un s'introduit dans ta chambre et t'assomme. C'est étrange!

— Tu crois qu'il cherchait la lettre, que c'était le tueur?

— Je ne sais pas. As-tu parlé de la lettre à d'autres que moi?

— Non. Peut-être qu'il a vu madame Cartier l'écrire. Je ne comprends toujours pas pourquoi quelqu'un tue des vieilles personnes dans un hôpital.

— Il y a eu des cas d'euthanasie. J'ai entendu parler d'une infirmière qui débranchait le respirateur artificiel de certains patients parce qu'elle trouvait qu'ils souffraient trop.

— Mais madame Cartier ne souffrait pas. Elle voulait vivre, sinon elle en aurait parlé dans ses lettres à ses amis.

— La plupart des autres patients décédés ne souffraient pas non plus. Ça doit être autre chose. Où est la lettre de madame Cartier?

Je passe la main sous mon oreiller. Ne trouvant rien, je le soulève; je secoue le drap… en vain.

— Maintenant le tueur sait que je sais que madame Cartier se sentait menacée.

— De toute façon, la police n'aurait pas accordé beaucoup d'importance à la lettre: tout le monde pensait que madame Cartier n'avait plus toute sa tête. On doit trouver une preuve plus solide avant d'en parler à qui que ce soit.

Après le départ de Benjamin, je fouille toute ma chambre, sans y trouver la lettre. Je me sens vide en dedans, comme si on m'avait volé le cœur en même temps que la lettre. Je suis furieuse de n'avoir rien pu faire pour madame Cartier.

Je me rends au salon et je prends n'importe quel livre sur un rayon. Mais les mots se brouillent devant mes yeux. Le mal règne dans cet hôpital. L'endroit lui-même a un étrange pouvoir sur moi : il réveille mon passé.

Jusqu'à présent, je n'avais jamais été capable de me rappeler ma petite enfance. Et maintenant, des visions traversent constamment mon cerveau comme les images d'un vieux film. Je me vois assise en train de manger des biscuits dans une salle de maternelle. Je porte une robe à volants alors que les autres enfants sont en jeans.

Puis j'ai des images d'une salle d'attente de l'hôpital, d'un bureau et d'un corridor. Je ne saurais dire mon âge, mais les scènes sont incroyablement nettes. « Si l'hôpital ne tire pas ces souvenirs de ma mémoire, c'est que je deviens folle », me dis-je.

Je suis plus effrayée que jamais. J'ai hâte qu'il soit seize heures pour que Claire Bourgeois vienne me rendre visite comme elle l'a promis.

Après le dîner, je retourne m'étendre sur mon lit. Aussitôt, une autre vision me montre une immense maison blanche avec une grande véranda. Une balançoire verte est suspendue par des chaînes à droite de la porte.

Je secoue la tête et je m'assois pour ne pas m'endormir. Mon cerveau est tellement actif que je pourrais plonger dans une terreur. Je ne veux pas être distraite de ma mission qui est de découvrir l'identité du meurtrier de madame Cartier.

Je me faufile jusqu'à la chambre de la vieille dame et je vois qu'on en a retiré tous ses objets personnels mais, heureusement, elle est encore inoccupée.

Les larmes me montent aux yeux. Je m'assois par terre et je pleure ma vieille amie. Elle avait confiance en moi ! Ce n'est pas important qu'elle m'ait prise pour sa fille.

Un scintillement près d'un pied du lit attire mon attention. Je prends l'objet luisant : c'est une seringue !

M'appliquant à ne pas toucher la pointe de l'aiguille, je l'examine. Un peu de liquide est resté à l'intérieur.

— Pas encore toi ! gronde une voix derrière moi.

Je sursaute violemment. Mais j'ai la présence d'esprit de cacher la seringue dans la poche kangourou de mon survêtement avant de me tourner pour faire face au docteur Grenier.

Il s'avance vers moi, le visage rouge de colère, et crie :

— Je ne sais vraiment pas ce que tu fais dans un

hôpital puisque tu es assez en forme pour écornifler partout à toute heure !

Il m'agrippe par le bras et me tire hors de la chambre. Il m'emmène ainsi jusqu'à l'ascenseur et, lorsque les portes s'ouvrent, il y monte avec moi. Pressant le bouton de l'étage réservé aux ados, il se tient à côté de moi raide comme un piquet tandis que l'ascenseur se met en marche. Nous y sommes seuls. Je me libère et je crie à mon tour:

— Je n'ai rien fait de mal ! Madame Cartier était gentille et elle n'était pas prête à mourir ! Je veux savoir ce qui lui est arrivé !

— De quoi parles-tu ?

Je suis tellement furieuse que je ne réfléchis pas avant de parler:

— Je parle de meurtre ! Elle m'a dit qu'on voulait la tuer et c'est fait ! Quelqu'un tue des patients. Je ne sais ni qui c'est ni pourquoi il fait ça, mais je vais le découvrir et ensuite je vais m'assurer que plein de gens… les familles, sachent ce qui se passe !

Grenier presse un bouton rouge. L'ascenseur s'arrête.

— As-tu une idée de ce que tu viens de dire ?

Je me raidis, soudain saisie d'une horrible pensée: la lettre accusait un homme. Si cet homme est médecin, il est logique que ce soit le médecin de madame Cartier: Grenier. Si jamais il m'arrive un accident dans cet ascenseur vide, il pourra inventer n'importe quelle histoire et on le croira. Je choisis soigneusement mes mots:

— Quelqu'un tue des patients…

Grenier me regarde pendant longtemps, puis il frotte son pouce sur son front comme s'il avait une grosse migraine. Il me demande doucement :

— As-tu des preuves de ce que tu avances, à part les divagations d'une vieille femme ?

— Vous me chassez tout le temps. Comment est-ce que je pourrais récolter des preuves ? Je venais la voir parce qu'elle n'avait personne d'autre.

— À part son neveu. Je sais.

Je vois dans ses yeux qu'il se soucie sincèrement de ses patients. Il paraît fatigué et angoissé, incapable de faire du mal à quelqu'un.

— Ainsi, tu n'as aucune preuve, répète-t-il.

— Non, dis-je. J'ai seulement une lettre dans laquelle madame Cartier me parlait de ses soupçons.

Je ne veux pas parler de la seringue tant que je ne l'aurai pas montrée à Benjamin.

— Je peux voir cette lettre ?

— On me l'a volée dans ma chambre.

— Intéressant.

— Pourquoi me chassez-vous toujours de votre unité ?

— Je ne veux pas de la présence d'une personne non autorisée. Parce que, récemment, le décès de certains de mes patients m'a paru suspect.

— Alors, vous aussi vous croyez qu'ils ont été tués ?

— Je ne sais que penser. Mais je ne suis pas convaincu que ces patients sont morts de mort naturelle.

— Vous n'avez rien fait?

— Si ça peut te rassurer, Marie-Pierre, sache que j'ai demandé aux familles l'autorisation de faire une autopsie. Elles ont toutes refusé.

— Je suppose que des gens en deuil n'aiment pas qu'on dissèque les êtres qui leur sont chers.

— Exact. C'est tout de même étonnant qu'aucune famille n'ait accepté. Ça aurait fourni quelques réponses. J'ai également fait part de mes soupçons à l'administratrice de l'hôpital. Elle m'a dit que j'imaginais tout ça.

— C'est ce qu'on me dit tout le temps!

— Si j'avais une preuve à montrer à madame Langevin, elle prendrait l'affaire au sérieux. Parle-moi de la lettre de madame Cartier.

— Elle disait qu'un homme voulait la tuer avant qu'elle quitte l'hôpital. Elle le connaissait, mais elle ne donnait pas son nom.

— Tu n'as pas simplement égaré la lettre?

Je tourne la tête pour lui montrer le bandage à l'arrière de mon crâne.

— Mon Dieu, le voleur t'a fait ça? s'écrie-t-il. L'as-tu dit à l'infirmière de garde?

— Je l'ai dit à tous ceux qui voulaient bien m'écouter, mais ils croient que j'ai rêvé et que je suis tombée.

— Cet individu semble vouloir désespérément effacer ses traces. C'est peut-être un signe qu'il ne tuera plus.

— Mais on ne peut pas oublier ceux qu'il a déjà tués!

— Non… du moins, pas moi… Mais ce sera terrible pour leurs familles, tu sais ! C'est déjà éprouvant d'apprendre qu'on vient de perdre une grand-mère, un oncle ou un père à la suite d'une longue maladie. On va devoir leur apprendre que ces êtres chers ont été tués alors qu'ils étaient confiés à nos soins.

— Ça sera embarrassant pour l'administration. Si les familles décident de poursuivre l'hôpital, ça peut coûter cher.

— Ce n'est pas ce qui m'importe ! réplique-t-il d'un ton furieux. Pour moi, les patients passent avant tout ! Je veux éclaircir cette affaire. Fais-moi une promesse, Marie-Pierre : apporte-moi tout ce que tu trouveras. Je ne veux pas que tu coures de risques en essayant de cacher des preuves.

Je voudrais lui faire entièrement confiance, mais je n'ose pas.

Je ne me sens pas prête à lui parler de la seringue.

Chapitre 11

Je veux donner la seringue à Benjamin avant d'être tentée de la montrer à Grenier. Mais il ne sera là qu'après quatorze heures.

En l'attendant, j'essaie de retrouver des souvenirs de mes premières années, mais je me bute contre un mur noir. On dirait que Marie-Pierre Jolicœur n'existait pas avant la scène dans le bureau du directeur d'école.

Pour me changer les idées, je vais rejoindre d'autres patients au salon de notre unité.

Il est tard lorsque Benjamin vient enfin me voir. Je le prends à part et lui dis :

— Regarde ce que j'ai trouvé dans la chambre d'Adèle Cartier.

Je sors la seringue de ma poche pour la glisser dans la sienne. Il y jette un coup d'œil discret, tandis que je lui explique :

— C'était en dessous de son lit. Je pense que quelqu'un s'en est servi et…

— Tu penses qu'on lui a injecté une substance mortelle ?

— C'est possible.

— Et le tueur aurait été assez imprudent pour laisser une preuve pareille?

— Peut-être qu'il a été dérangé pendant l'opération. Il a pu se dire que l'équipe de nettoyage la jetterait sans se poser de questions. Tu pourrais découvrir ce qu'il y avait dedans?

— Un de mes amis travaille au labo. Je vais lui demander d'en analyser le contenu.

— Excellent!

— Et si c'est un poison?

— On en parlera à madame Langevin.

— Tu connais le nom de l'administratrice de l'hôpital?

— Grenier a mentionné son nom.

Je lui rapporte l'étrange conversation que j'ai eue avec le médecin.

— Je me demande si on peut lui faire confiance, dit Benjamin.

— Je crois ce qu'il dit. Il y a en lui...

Une vision m'éblouit. Je n'ai pas bien vu, mais c'est en rapport avec mes terreurs nocturnes. Quel lien Grenier peut-il avoir avec elles? Il ne m'est jamais apparu en rêve.

— Qu'est-ce que tu as? demande Benjamin. On dirait que tu es terrorisée.

— Je suis juste fatiguée.

— Veux-tu aller te coucher?

— Oui. Je dois d'abord appeler docteur Bourgeois pour qu'elle vienne me surveiller.

— Je peux rester avec toi jusqu'à ce qu'elle arrive.

— O.K.

Je demande à l'infirmière d'appeler Claire Bourgeois. Benjamin m'accompagne. Je suis si fatiguée que c'est seulement quand on est devant la porte de ma chambre que je me rends compte qu'on se donne la main depuis le salon.

Mais ce que je vois en entrant me réveille tout à fait. On dirait qu'une équipe de hockey est venue saccager la pièce.

— Quel désordre ! s'exclame Benjamin.

Une feuille de papier est posée sur mon lit. On y a collé des lettres découpées dans un journal. Ça dit : VA-T'EN AVANT QU'IL SOIT TROP TARD !

— Ça n'a pas de sens ! dit Benjamin.

— Oh oui ! ça a un sens ! Le meurtrier me dit de faire de l'air.

— Je veux dire qu'il nous fournit une autre preuve. Il attire l'attention sur lui. C'est comme s'il disait : « Vous n'étiez pas sûrs qu'un meurtrier était à l'œuvre, eh bien voilà, je vous prouve mon existence ! »

— Tu as raison. Ne montrons ce message à personne tant qu'on ne saura pas ce qu'il y avait dans la seringue. Et j'aimerais en savoir plus sur le docteur Grenier aussi.

— Oui, mais sois prudente.

— Pourquoi ? dis-je pour le taquiner. Tu t'inquiètes de moi parce que je suis une patiente dans « ton » hôpital ?

— Non, tu es plus spéciale que ça. Je n'embrasse pas toutes les patientes de cet hôpital, tu sais, dit-il en riant.

Je lui mets les bras autour du cou en disant :

— Embrasser ? Comme le petit bec de l'autre jour ?

— Non. Comme ceci !

Il se penche pour amener ses lèvres au niveau des miennes.

Pendant une longue minute bienheureuse, je flotte dans les bras de Benjamin. Puis j'entends quelqu'un toussoter.

— Je croyais que le message disait que tu étais fatiguée et que tu voulais dormir.

Je m'écarte de Benjamin et je m'exclame :

— Docteur Bourgeois !

— Je… On était juste… bredouille Benjamin en montrant la chambre en désordre d'un geste du bras.

— Que s'est-il passé ici ?

— Quand on est revenus du salon, on a trouvé la chambre dans cet état, dis-je.

— C'est révoltant ! dit-elle. Personne n'a rien entendu ?

— On n'a pas eu le temps de poser la question, dis-je.

— Bien, je vais certainement poser quelques questions, dit-elle en quittant la chambre.

Benjamin et moi commençons à ramasser les dégâts. Étrangement, à part les ballons et mon ourson de peluche, rien n'est cassé.

— Bon sang! Celui qui a fait ça devait être furieux, commente Benjamin.

« La furie ».

« La démente ».

Voilà comment j'appelle la femme monstrueuse qui me poursuit pendant mes terreurs nocturnes. Qu'est-ce que je ferais si elle devenait jamais réelle? Si elle sortait de mes cauchemars et se jetait vraiment sur moi? Si elle me rendait visite en personne?

Je refuse de laisser mon esprit imaginer la sensation que ferait la lame de son couteau en transperçant ma chair. Il manque encore quelque chose d'important... un indice qui donnerait un sens à tout ça. Mes rêves, les patients qui meurent alors qu'ils allaient mieux, un intrus qui m'attaque et vole la lettre d'une vieille dame à sa fille morte... une chambre soigneusement mise sens dessus dessous.

Quelques instants plus tard, docteur Bourgeois rentre en coup de vent, manifestement de mauvaise humeur.

— Je ne peux pas croire que personne n'a rien entendu! fulmine-t-elle. Et les deux infirmières qui auraient dû voir tous ceux qui sont venus par ici affirment qu'aucun visiteur non autorisé n'a circulé à cet étage durant les cinq dernières heures.

Elle secoue la tête de dégoût.

— Quelqu'un ne dit pas tout. Quelqu'un est au courant de quelque chose, murmure-t-elle.

Je me sens coupable de lui cacher l'existence de la seringue et de la lettre. Mais elle ne m'a pas crue lorsque je lui ai parlé de l'intrus qui m'avait assommée et je ne crois pas que je pourrais supporter de la voir dédaigner ma théorie au sujet du meurtrier de madame Cartier. « Il vaut mieux attendre, me dis-je. D'abord, Benjamin et moi, on doit avoir un paquet de preuves. »

Je m'endors rapidement, parce que je n'ai pas beaucoup dormi la nuit dernière. Docteur Bourgeois me surveille, alors je me sens en sécurité. Avant de m'endormir pour de bon, mon esprit passe de la conscience au demi-sommeil.

Je suis de retour à la maternelle. Avec de gros pinceaux, je peins un arbre, un soleil et des fleurs. Je copie ce que peint la petite fille à côté de moi. Je me dis : « Si je dessine la même chose qu'elle, on ne me disputera pas. »

Ce que je voudrais vraiment peindre, c'est une scène toute noire, avec une petite fille au bout d'un tunnel. D'abord, elle serait seule. Puis j'ajouterais l'autre personne : la femme avec des yeux luisants et des griffes au bout de ses bras.

Dans une bulle près de sa bouche, j'écrirais ce qu'elle crie :

— Arrête ! Arrête !

Je regarde la démente avec les yeux de la petite fille que je suis dans mon rêve. Elle me fait pitié ; ce qui est ridicule parce qu'elle est la méchante qui me pourchasse et me menace.

Puis je sens que je deviens encore plus jeune. Je

suis dans une petite pièce où l'unique fenêtre est fermée par un store épais. Je tape sur une boîte de céréales vide avec une cuillère de bois et je chante :

— Sur le pont d'Avignon !

Quelqu'un entre dans la pièce et dit :

— Marie-Pierre, mon trésor, c'est l'heure du souper !

Je lève les yeux et je vois une femme aux longs cheveux bruns et au visage ordinaire. D'abord, je ne reconnais pas ma mère. C'était sans doute avant qu'elle coupe ses cheveux et commence à les teindre. Elle me prend sous les bras et m'installe à califourchon sur sa hanche en me parlant bébé. Mais je sais que je ne suis plus un petit bébé. Je n'ai que trois ou quatre ans, mais je ne suis plus un bébé.

Ensuite, le mur se reforme et je ne peux remonter plus loin dans le temps. Lorsque je me réveille, je suis en sueur. Je me demande si je devrais vraiment essayer de traverser le mur de nouveau. Et si, de l'autre côté, je trouvais des réponses désagréables à mes questions ?

Au matin, à mon réveil, je découvre que Valérie a pris la place de Claire Bourgeois.

— Hé ! Pendant que je dormais, tu as rajeuni, lui dis-je en blague.

Je n'ajoute pas : « et enlaidi », ce qui a été ma première pensée. Docteur Bourgeois a probablement une trentaine d'années, mais elle a le plus doux, le plus beau visage qu'on puisse imaginer. Valérie a des traits grossiers et un teint brouillé, mais elle doit avoir bon cœur pour passer autant de temps à l'hôpital sans être payée. C'est ce qui compte.

— Une bonne nuit de sommeil fait des merveilles, dit Valérie en bâillant et en s'étirant. As-tu assez dormi?

— Oui. Où est le docteur Bourgeois?

— On l'a appelée d'urgence. Elle m'a demandé de la remplacer près de toi jusqu'à ce que tu te réveilles.

Elle se lève et s'étire de nouveau, puis regardant autour d'elle en fronçant les sourcils, elle me dit:

— Ta chambre a l'air différente.

— Je l'ai redécorée.

Valérie pourrait nous aider. Elle connaît l'hôpital mieux que personne, elle y promène son chariot chaque jour à chaque étage. Je risque une question:

— Connaissais-tu Adèle Cartier, une patiente en gériatrie?

— Bien sûr. J'ai eu de la peine quand elle est morte.

— Moi aussi. L'as-tu vue hier, le jour de sa mort?

— Je ne suis pas allée jusqu'à sa chambre, répond Valérie après un moment de réflexion. C'était ma journée d'inventaire.

Je suis déçue: j'espérais qu'elle aurait remarqué quelque chose de suspect. Je demande encore:

— Et son neveu, l'as-tu vu hier?

— Non, je ne l'ai pas vu hier. Mais je viens justement de le croiser près des ascenseurs. Il montait en gériatrie. Il va sans doute récupérer les objets personnels de sa tante.

Je repense à la lettre de madame Cartier. Elle y disait clairement qu'elle avait peur qu'un homme la tue. Un homme qu'elle connaissait : un ami, un employé de l'hôpital, un membre de sa famille. Je demande :

— Est-ce qu'il avait l'air triste ?

— Oh ! je ne sais pas ! murmure-t-elle. Il me semble qu'il était perdu dans ses pensées, sans rien remarquer de ce qui se passait autour de lui. Peut-être que la mort de sa tante l'a bouleversé, qu'il ne peut pas croire qu'elle soit disparue. Beaucoup de gens réagissent comme ça face à la mort.

— On m'a dit qu'il était la seule famille de madame Cartier.

— Je n'ai jamais vu personne d'autre dans sa chambre, en effet. Mais pourquoi toutes ces questions ?

Je voudrais me confier à elle, mais je n'ai confiance qu'en Benjamin et peut-être en Grenier. Peut-être. Je murmure :

— Je la trouvais gentille, c'est tout.

— Comme ils disent aux funérailles, au moins elle n'a pas souffert.

— Oui, je suis contente qu'elle n'ait pas souffert.

Lorsque Benjamin entre dans ma chambre, Valérie s'en va.

Il m'embrasse avec désinvolture, comme si c'était notre manière habituelle de nous dire bonjour. Je lui souris pour lui faire savoir que j'aime ça. Il s'assied à côté de moi sur le lit et me montre la seringue, maintenant emballée dans un sac de plastique.

— Elle contenait de l'insuline, chuchote Benjamin. On en donne des injections intraveineuses aux diabétiques.

— Tu veux dire que c'est un médicament inoffensif?

— Adèle Cartier n'était pas diabétique. Et même si elle l'avait été, la seringue est assez grosse pour avoir contenu une surdose, selon mon copain du labo. Si la seringue était pleine, la dose était mortelle. Ça y est, Marie-Pierre! On tient une preuve!

— Presque. On ne peut pas prouver que la seringue était pleine. Mais une surdose se verrait lors d'une autopsie, hein?

— Oui.

— On ne peut pas dire au docteur Grenier de demander à Maurice Cartier, qui est le suspect, d'autoriser l'autopsie de sa tante.

Soudain, je me sens triste. Dans quelques jours, qu'on ait ou non découvert le meurtrier et la cause de mes terreurs nocturnes, mes parents perdront patience et viendront me chercher.

Mais là où ils m'emmèneront, ce ne sera pas chez moi. Chez moi, c'est…

— Ça alors! dis-je tout haut.

— Quoi?

— Je viens de me rendre compte que c'est ici, à

111

l'hôpital, que je me sens chez moi ! J'ai l'impression d'en connaître chaque recoin. Comme si j'y étais déjà venue.

— Tu m'as dit que tu n'étais jamais venue à Montréal.

— C'est vrai ! Mais l'impression est tellement forte. Je marche dans un couloir et je sais où il mène.

— Tu crois en la réincarnation ?

— Je suppose… En tout cas, qu'est-ce qu'on fait avec la seringue ? Je crois qu'on devrait aller la montrer à l'administratrice.

— Madame Langevin assiste à une conférence ; elle sera absente toute la semaine. En attendant son retour, renseignons-nous sur Grenier. Si les autres patients ont été tués par des surdoses d'insuline, ce serait plus plausible qu'un médecin l'ait fait plutôt que le neveu de madame Cartier.

Je ne crois pas Grenier capable de tuer, mais je suis curieuse d'en savoir plus sur lui.

— Il m'a offert d'aller le voir quand je le voudrais, dis-je.

— Cette fois, essaie d'entrer dans son bureau. S'il est le tueur, tu y trouveras peut-être un indice qui pourrait nous servir. J'attendrai ici, dans ta chambre. Invente un prétexte et appelle-moi dès que tu entreras. Je trouverai un moyen de faire sortir Grenier de son bureau pour que tu puisses fouiner.

Je déteste tendre un piège au docteur Grenier, mais il est peut-être le meurtrier.

— Bon, j'y vais, dis-je.

— Attends ! Qu'est-ce qu'on fait de la seringue ?

— Je vais la cacher dans le chantier, à un endroit où les ouvriers ne travaillent pas encore.

— Bonne idée.

Je me rends au huitième étage, où je me glisse derrière la feuille de plastique épais qui ferme l'ouverture de la nouvelle aile. Il y a une petite pièce dont le sol est criblé de tuyaux ouverts, sans doute une future salle de bains. Je pousse le sac contenant la seringue dans un des tuyaux, puis je me relève et m'assure qu'on ne peut pas le remarquer en passant.

Chapitre 12

— Je n'ai pas beaucoup de temps, me dit Grenier.

— Vous avez dit que je pouvais venir vous parler.

— C'est si important?… Viens!

Je le suis vers son bureau. Lorsqu'il s'arrête pour demander ses messages à la réceptionniste, j'appelle Benjamin et je lui dis la phrase convenue :

— Je serai en retard pour le dîner.

Grenier me fait entrer dans une petite pièce encombrée de livres et de dossiers.

— Assieds-toi! m'ordonne-t-il.

Tandis qu'il range quelques dossiers, j'examine les objets sur son bureau. Mon regard est attiré par la photo d'un bébé vêtu de rose. À côté, une autre photo montre Grenier et sa famille.

Il est debout près d'une jeune femme et, entre eux, une petite fille de deux ou trois ans sourit au photographe. Il s'agit sans doute de la même enfant sur les deux photos.

Derrière la petite famille, il y a une immense demeure victorienne, entourée d'une grande véranda. Mon regard s'attarde sur le visage souriant du docteur Grenier sur la photo. Il est si jeune et si beau. Son bras droit entoure la taille mince de sa femme et sa main gauche est posée sur la tête bouclée de son enfant.

Une chaleur étrange se répand dans mes veines, puis disparaît aussitôt, me laissant tremblante sans que je sache pourquoi.

Je tourne les yeux vers le médecin assis derrière son bureau. Il semble terriblement plus vieux que sur la photo. Il surprend mon regard et me demande brusquement:

— Qu'est-ce qu'il y a?

— Je regardais vos photos. Elles sont très belles.

Il les pose à l'envers sur son bureau et grogne:

— De quoi voulais-tu me parler?

— Je voulais vous demander si vous connaissez le neveu d'Adèle Cartier.

— Je lui ai parlé quelques fois pour le tenir au courant de l'état de santé de sa tante et aussi le matin du décès de celle-ci.

— Est-ce qu'il avait l'air de s'inquiéter de ce qui était arrivé à sa tante?

— En quoi est-ce que ça concerne les décès suspects? Veux-tu insinuer…

Il y a soudain du raffut dans le couloir. Grenier écoute.

J'entends d'ici la voix de Benjamin se mêler à celles de jeunes patients de mon unité.

L'interphone s'allume sur le bureau et on entend la réceptionniste dire:

— Docteur Grenier, pourriez-vous venir?

— Excuse-moi, dit Grenier en bondissant de sa chaise.

Dix secondes après que la porte est refermée, je commence à fouiller parmi les documents posés sur son bureau. Aucun ne fait mention de madame Cartier ou d'insuline.

Frénétiquement, j'ouvre les classeurs et j'examine les dossiers qu'ils contiennent.

Vaguement consciente que la rumeur s'atténue de l'autre côté de la porte, je me dépêche. Un des tiroirs ne contient qu'un seul dossier d'une épaisseur d'au moins huit centimètres.

Je le sors pour lire l'étiquette, marquée d'un nom: STÉPHANIE.

Ce doit être une patiente qu'il soigne depuis longtemps. Mais parmi les documents, il n'y a pas de rapports médicaux, à part un acte de naissance.

Il y a surtout de nombreuses factures et de longues listes de noms et de numéros de téléphone, ainsi que la photocopie du croquis d'un visage de petite fille. C'est l'enfant des photos.

«Sa fille s'appelle Stéphanie», me dis-je.

J'examine de nouveau la photo de la petite famille.

Je n'avais pas prêté attention à la femme de Grenier jusque-là. Ses yeux sont d'un bleu pâle presque mauve et ils brillent de bonheur. Sa joue bronzée est appuyée contre l'épaule de son mari. Sa main gauche serre tendrement les doigts du bébé alors qu'elle regarde le photographe d'un air heureux.

Son expression me paraît déplacée. Ses traits me sont bizarrement familiers, mais son bonheur n'est pas de mise.

Pourquoi est-ce que je pense ça ? C'est une jeune maman avec une enfant en santé et un beau jeune médecin pour mari.

Un éclair de terreur inattendu transperce mes nerfs et, poussant un faible cri, je lâche la photo qui frappe le bord du bureau et tombe sur le plancher.

Ce n'est pas possible ! Mais je sais, avec une certitude effrayante, qui est cette femme. C'est la démente de mes terreurs nocturnes ! Comment est-elle arrivée dans la vie réelle du docteur Grenier… alors qu'elle est un produit de mon imagination ?

Des pas se rapprochent dans le corridor. Je range le dossier d'une main tremblante et referme le classeur au moment même où la porte s'ouvre.

— Marie-Pierre ? Ça va ? demande une voix quelque part dans les ténèbres qui m'entourent.

J'avale la bile qui me brûle la gorge et je parviens à dire :

— Je… me sens étourdie… Je dois m'en aller.

Je fonce aveuglément vers la sortie, mais Grenier me saisit le bras et m'oblige à m'asseoir.

— On dirait que tu vas t'évanouir. Tiens, bois un peu d'eau.

Le liquide frais me fait du bien. Ma vision s'éclaircit et j'aperçois la photo par terre.

— J'ai fait tomber une de vos photos. Excusez-moi.

D'un geste tendre, il replace le cadre sur son bureau et redresse l'autre photo.

— C'est Stéphanie ? Votre petite fille ?

— Comment connais-tu le nom de ma fille ? demande-t-il vivement, le regard braqué sur moi.

— … Une infirmière l'a mentionné.

— Oui, c'est Stéphanie sur ces deux photos, répond-il, plus calmement.

— Vous n'en avez pas de plus récentes ? Elle doit être au secondaire maintenant.

Son visage se crispe de douleur et il murmure doucement :

— Elle l'aurait été. Elle n'est plus… Elle est disparue.

Il l'aime encore tellement qu'il ne peut pas prononcer le mot « morte ». Je regarde la photo de nouveau, mais c'est la femme que je vois. Comment cette jolie maman peut-elle être la méchante sorcière de mes terreurs nocturnes ?

Une pensée s'impose à moi : comment une mère réagirait-elle à la mort de son enfant ? En hurlant son désespoir ? Je peux imaginer son visage déformé par le chagrin. Il ressemble tout à fait à celui de la démente de mes rêves !

Mais où est-ce que je l'aurais vue ? Et comment est-ce que j'aurais appris le drame de sa vie, des années avant de venir à Montréal ?

Je n'ai jamais eu si mal à la tête. Je dois quitter

cette pièce, avant de devenir complètement folle. Mais Grenier me demande :

— Qu'est-ce que tu voulais savoir ?

— Je veux assister aux funérailles de madame Cartier. Quand auront-elles lieu ?

— Madame Cartier a été incinérée ce matin.

— Oh ! incinérée ! Déjà ? Est-ce que ce n'est pas rapide ?

— Oui, en effet, mais c'était le souhait de la famille.

— La famille, c'est son neveu ?

— Oui. Il y a un problème ?

— Je pense que c'est lui qui l'a tuée.

— Quoi ? Mais non, Maurice Cartier n'avait absolument aucun mobile de tuer sa tante. Celle-ci n'a pas laissé d'héritage et ils n'étaient pas assez proches pour se disputer.

— Mais vous ne croyez pas que sa mort est naturelle, hein ?

— Je ne peux pas me prononcer avant d'avoir analysé tout ça à fond.

— Je me sens assez bien pour retourner dans ma chambre, dis-je en me levant.

— Reviens me parler quand tu le veux, Marie-Pierre.

— Pourquoi ? Je croyais que je vous tapais sur les nerfs.

— Peut-être que c'est à cause de Stéphanie. Elle aurait eu ton âge, si… Je souhaitais qu'elle soit aussi intelligente et jolie que toi.

Son visage s'est adouci et j'ai soudain terriblement pitié de lui. J'ai envie de le serrer contre moi et de lui dire que je comprends pourquoi il se montre froid et bourru… Mais pourquoi est-ce que ça le consolerait? C'est sa Stéphanie qu'il aime, et elle est morte il y a longtemps.

Benjamin, qui m'attend plus loin dans le couloir, me demande aussitôt que je le rejoins:

— Tu as trouvé quelque chose?

Je tremble encore tellement qu'il ne me pose plus une seule question. Il me tient dans ses bras jusqu'à ce que je me calme assez pour pouvoir lui dire:

— Grenier a perdu sa petite fille il y a longtemps. Il garde un dossier sur elle et j'y ai vu des lettres datées d'il y a plus de dix ans et d'autres très récentes.

— Pourquoi lui écrit-on encore au sujet de sa fille tant d'années après sa mort?

— Je vais te dire quelque chose qui a encore moins de sens: j'ai vu la femme de Grenier sur une photo et c'est la démente de mes terreurs nocturnes!

— Mais tu n'avais jamais rencontré Grenier avant de venir ici!

— Et je n'ai jamais rencontré sa femme. Si je ne deviens pas folle, il doit y avoir une explication.

— Peut-être que tu as rencontré une femme qui lui ressemble. Ou alors il faudrait que tu connaisses son passé; il renferme peut-être la clé du tien.

— Peut-être que sa fille est morte d'une façon horrible et que les médias en ont parlé. Je pourrais avoir vu une photo de la femme de Grenier en larmes ou en crise, hurlant comme une hystérique.

— Oui, et ça t'aurait fait tellement peur que son image serait restée imprimée dans ta mémoire.

— Mais ça n'explique toujours pas ce qui cause mes terreurs.

— Jusqu'où peux-tu reculer dans ton passé ?

— Jusqu'à mes trois ou quatre ans. Plus loin que ça, c'est un mur solide.

— Tu dois le traverser, Marie-Pierre !

— Et si derrière, il y avait quelque chose de terrible qui me fasse refouler la vérité depuis des années. Alors, il vaudrait mieux que je ne me souvienne de rien.

J'éclate en sanglots. Il me prend dans ses bras et je pleure contre sa poitrine.

À vingt heures, Claire Bourgeois entre dans ma chambre.

— L'infirmière m'apprend que tu as eu une rude journée, dit-elle doucement.

Elle est tellement gentille ; elle n'a aucune idée de ce que je vis ni des meurtres commis sous son nez.

Tandis qu'elle me relie aux appareils, je lui demande :

— Qu'est-ce qui est arrivé à la petite fille du docteur Grenier ?

— Je ne crois pas que ce soit de…

— C'est de mes affaires ! Dans le bureau du docteur Grenier, aujourd'hui, j'ai vu une photo de sa famille. Sa femme est la démente de mes terreurs !

— Son épouse ?

— S'il vous plaît, racontez-moi ce qui leur est arrivé !

— La démente de tes terreurs ressemble peut-être à l'épouse de Grenier, mais tu ne peux pas vraiment croire que c'est elle qui te pourchasse !

— J'en suis sûre. La démente est aussi jeune que madame Grenier sur la photo.

— Marie-Pierre ! Tu n'essaies pas de te rendre intéressante pour que je te garde plus longtemps ici, n'est-ce pas ?

— Non ! Vous devez me croire ! Racontez-moi ce qui est arrivé à Stéphanie.

— D'accord. Je ne connais que les rumeurs qui circulent… On m'a dit que c'est alors qu'il faisait son stage ici que Grenier a rencontré l'infirmière Joëlle Filteau. Ils se sont fréquentés pendant un an avant de se marier. Il paraît qu'ils formaient un couple parfait. L'année suivante, Joëlle a quitté son poste pour prendre soin de leur bébé, Stéphanie. Joëlle gardait des liens étroits avec ses collègues, promettant de revenir travailler à l'hôpital dès que Stéphanie commencerait l'école.

J'ai l'impression étrange d'avoir déjà entendu cette histoire, mais ça ne se peut pas, sinon je me souviendrais de la fin.

— Joëlle emmenait souvent sa petite Stéphanie à l'hôpital pour la montrer à ses amis et pour dîner avec le docteur Grenier.

— C'était une famille heureuse !

— L'avenir de cette famille paraissait sans nuage. Mais un jour, alors qu'elle parlait avec ses amies, Joëlle laissa Stéphanie jouer dans une salle d'attente avec les jouets destinés aux jeunes patients. La réceptionniste pouvait voir la petite à travers une paroi vitrée et l'enfant était tellement habituée aux lieux qu'elle ne se serait pas perdue.

— Stéphanie avait quel âge?

— Elle avait trois ans... Ça ne va pas, Marie-Pierre? Tu trembles!

— Continuez!

— D'accord, mais calme-toi. Ça se passait il y a longtemps et ça n'a rien à voir avec toi.

Je hoche la tête pour la rassurer, mais je ne crois pas que Joëlle Filteau et la démente soient deux personnes différentes. Donc j'ai connu Joëlle dans mon passé et je dois découvrir le lien. Que m'a-t-elle fait de si horrible pour que j'aie emmuré ce moment dans ma mémoire?

— Ce qui s'est passé ensuite paraît invraisemblable: une femme est entrée dans la salle d'attente et a pris l'enfant.

— Elle a kidnappé Stéphanie?

— Oui. La réceptionniste l'a vue faire et a appelé Joëlle. Celle-ci s'est lancée à la poursuite de la ravisseuse, tandis que la réceptionniste alertait la sécurité. Mais l'intruse leur a échappé et s'est enfuie avec Stéphanie.

— Oh! mon Dieu! Son bébé!... Elle lui a volé sa petite fille!

— Oui.

— Ils ne l'ont jamais retrouvée ?

— Non, jamais. Joëlle a fait une dépression nerveuse et n'a plus remis les pieds à l'hôpital. Lorsque la police a abandonné l'enquête, faute de piste, le docteur Grenier a engagé des détectives privés. Ils n'ont pas eu plus de succès.

Les histoires tristes me font toujours pleurer et celle-ci me touche particulièrement.

— Est-ce que Joëlle Filteau a quitté Montréal à ce moment-là ? Pour s'éloigner de tout ça ?

— Pas que je sache… Elle a de la famille à Vancouver.

— Je n'y suis jamais allée.

— Tu crois que tu l'aurais vue alors et qu'elle t'aurait effrayée ?

— Je dois l'avoir vue… en photo ou en chair et en os.

Mais le seul moment où j'aurais pu la voir agir comme la démente de mes terreurs serait quand… quand Stéphanie a été enlevée et que Joëlle courait après la ravisseuse en lui criant à pleins poumons de s'arrêter.

— Oh ! Seigneur !… Oh ! vraiment ! Je crois que je sais où j'ai vu Joëlle Filteau…

— Excellent ! Où était-ce ?

— Je ne peux rien dire encore… pas avant d'en être absolument certaine.

Chapitre 13

Je rêve que je suis de nouveau poursuivie par la démente et, cette fois, j'utilise la méthode du tournoiement. Je tournoie, les bras écartés et les yeux grands ouverts. La personne qui me tire à sa suite et m'aide à échapper à la démente va devoir me lâcher ou tourner avec moi.

Elle me lâche.

Je fais face à la démente. C'est Joëlle Filteau ! Elle est jeune et jolie. Mais son visage se déforme soudain et devient rouge de colère. Elle pousse un cri perçant. Je lui demande :

— Que me voulez-vous ?

Je n'ai pas bredouillé de frayeur. Je ne fuis pas. J'affronte mon monstre, tel que Claire Bourgeois me l'a suggéré. Je répète :

— Dites-moi ce que vous me voulez.

La colère s'efface de ses traits et elle me demande d'une voix douce :

— Ne sais-tu pas qui je suis ?

— Vous êtes Joëlle Filteau.

— Non, non… Pour toi, je ne suis pas Joëlle. Je suis ta…

— Réveille-toi ! dit une autre voix qui s'introduit dans mon rêve. Réveille-toi, Marie-Pierre !

Je lutte pour ne pas me réveiller. Je tournoie encore. Je veux entendre ce que Joëlle va me dire !

— Tu rêves en sommeil profond, dit Claire Bourgeois en me secouant. Dis-moi ce dont tu te souviens avant que tout s'efface.

— Non ! Laissez-moi dormir. Je dois trouver qui je suis.

— Tu es Marie-Pierre Jolicœur.

Je pousse un gémissement : le rêve est parti, ainsi que mon lien avec mon passé.

Je m'écrie :

— J'y étais presque ! Je parlais à la démente… C'était Joëlle ! Elle allait me dire quelque chose d'important. Mon rêve m'a trompée ou du moins mon interprétation du rêve est fausse depuis le début.

— Qu'est-ce que tu veux dire ?

— Je ne peux rien expliquer pour le moment, dis-je en enlevant les capteurs.

— Marie-Pierre ! Qu'est-ce que tu fais ?

— Excusez-moi, mais je veux continuer seule. Je veux rêver assez longtemps pour obtenir des réponses.

Tandis que le docteur Bourgeois emporte ses machines hors de ma chambre, je me sens coupable de lui faire défection. Elle m'a aidée en me permettant de rester à l'hôpital et ainsi de retrouver la piste de mon passé. Bien qu'il manque encore des morceaux au casse-tête et que les bouts de vérité découverts paraissent trop étranges, je sens que je suis sur la bonne voie.

Il ne me reste plus qu'à le prouver.

Je dois attendre le matin pour téléphoner. C'est ma mère qui répond :

— J'allais partir pour le travail, ma chouette. Comment ça va ?

— Maman, je voudrais que tu viennes ici avec papa aussitôt que possible.

— Pourquoi ? Qu'est-ce qui ne va pas ? demande-t-elle d'une voix angoissée.

— C'est juste qu'ils ont besoin que vous soyez là tous les deux pour signer mon congé de l'hôpital, dis-je en m'en voulant à mort de lui mentir.

— Oh ! ça va être difficile ! Aucun de nous deux n'a son emploi depuis assez longtemps pour obtenir un jour de congé. Et le trajet est trop long pour se faire en une soirée. Peut-être que ton père pourrait y aller seul ?

— Après-demain, c'est samedi. Vous pourriez venir tous les deux.

— Je suppose que c'est ce qu'on va devoir faire. Oh ! je suis si contente que tu puisses rentrer à la maison, Marie-Pierre !

— Moi aussi, maman, dis-je, les larmes aux yeux.

Ayant raccroché, je reste assise dans mon lit. Je vais devoir attendre deux jours avant de pouvoir faire éclater la vérité. Comment vais-je occuper mon temps et éviter de devenir folle ?

Je dois voir Benjamin. Dans le corridor, je croise Valérie qui aide les infirmières à distribuer les plateaux du déjeuner. Son chariot est stationné plus loin.

Je trouve Benjamin en gériatrie. Il voit tout de suite que ça ne va pas.

— Tu as eu une autre terreur ? demande-t-il.

— Pas entière. Claire Bourgeois m'a réveillée juste comme il allait se passer quelque chose d'important.

— Dommage !

— J'arrive tout de même au but. Je devine ce qui a donné naissance à mes terreurs et pourquoi je les ai subies pendant toutes ces années.

— Qu'est-ce que c'est ?

— Je ne peux pas te le dire avant d'en avoir parlé à ma famille.

— Je comprends. Si c'est terrible et que tu as besoin de quelqu'un...

— Merci. Pourrais-tu venir dans ma chambre, samedi matin, vers onze heures ? Il y aura foule, Grenier y inclus.

— Docteur Grenier ? Qu'est-ce qu'il vient faire là-dedans ?

— Sans lui, je ne serais pas ici.

Je lui adresse un faible sourire pour m'excuser de ne pas pouvoir lui en dire plus. Puis je l'aide à distribuer les plateaux du déjeuner aux patients.

J'entends tout à coup les mots « tante Adèle ». Au bout du corridor, un homme d'âge moyen parle à une infirmière. C'est lui qui a prononcé ces mots. C'est Maurice Cartier !

Je le vois donner un livre à l'infirmière. Pourquoi ce simple geste envoie-t-il un signal d'alarme à mon cerveau ?

L'homme s'en va rapidement. En passant devant la chambre où sa tante a vécu ses derniers jours, il détourne le regard et presse le pas.

— Il agit vraiment comme s'il n'avait pas la conscience tranquille, dit Benjamin qui m'a rejointe.

Je m'approche de l'infirmière et demande à voir le livre.

— Bien sûr, dit l'infirmière. En fait, tu pourrais le rendre à Valérie. Madame Cartier l'avait empaqueté par mégarde et son neveu a été assez bon de venir nous le rendre.

Je rejoins Benjamin et on vérifie la dernière date inscrite sur la carte d'emprunt.

— Bizarre, dis-je. Valérie m'a dit qu'elle n'avait pas vu madame Cartier le jour de sa mort.

— Peut-être qu'elle s'est trompée en changeant la date de son timbre dateur.

— Peut-être. Il faut qu'on parle de tout ça à Grenier.

— Ouais. Et on devrait lui donner la seringue. C'est une preuve trop importante pour qu'on la laisse quelque part sans surveillance. Si un ouvrier la trouve, il la jettera.

Chapitre 14

Benjamin et moi prenons chacun un chemin différent pour trouver le docteur Grenier. Celui qui le rencontrera le premier emmènera le médecin à la cafétéria.

Je commence par le rez-de-chaussée. Tandis que je passe d'un corridor à l'autre, j'ai sans cesse une sensation étrange sur ma nuque, comme si on m'observait. Mais chaque fois que je me retourne, je n'aperçois que des membres du personnel de l'hôpital et des patients vaquant à leurs occupations.

Grenier est au deuxième étage. Je l'invite :

— Pourriez-vous venir prendre un café avec moi à la cafétéria ?

— Ton offre est très gentille, Marie-Pierre, mais des patients m'attendent.

— C'est important : j'ai la preuve qu'Adèle Cartier a été assassinée.

— Une preuve ? On ne parle pas d'une théorie ou d'une hypothèse, hein ?

— Je sais ce que c'est qu'une preuve !

— Bon, allons-y! concède-t-il avec un soupir.

Au moment où je reviens à la table avec trois tasses de café, Benjamin entre dans la cafétéria. Il se joint à nous.

— Bon, où est la preuve? demande Grenier.

— En lieu sûr, dis-je. L'important, c'est que nous savons que madame Cartier et d'autres patients ont été tués de la même façon. Les policiers pourront enquêter sur les deux suspects: Maurice Cartier et Valérie Toupin.

— La jeune bénévole au chariot de livres? Allons, mes enfants, ceci n'est pas un jeu…

Exaspéré, il se lève. Je le retiens par la manche en expliquant vivement:

— Elle a accès à toutes les chambres. Elle m'a menti lorsqu'elle a déclaré ne pas avoir vu madame Cartier le jour de sa mort, alors qu'elle lui avait prêté un livre. On a vu la date sur la carte d'emprunt.

— Elle avait peut-être oublié. Ça me surprend, Benjamin, que tu te laisses embarquer dans une affaire aussi floue.

— Si vous permettez, docteur, il y a suffisamment d'événements suspects pour mener une enquête.

— On a déjà étudié le cas du neveu: il n'avait aucun mobile de tuer sa tante. Et pourquoi une jeune bénévole voudrait-elle éliminer des étrangers?

— C'est peut-être par pitié.

— Sûrement pas. À part Grégoire Boivin, ils étaient tous prêts à quitter l'hôpital. Aucun ne souffrait. Ce n'étaient pas des agonisants.

— J'ai trouvé une seringue usagée sous le lit d'Adèle Cartier. Elle contenait un reste d'insuline. On en est certains, on l'a fait analyser. Il y en avait sans doute assez pour la tuer.

— Je ne lui avais pas prescrit d'insuline… Ce n'est pas grand-chose, mais s'il y a des empreintes digitales…

— Ça m'étonnerait. Et puis, on l'a manipulée, Benjamin et moi.

— Donnez-la-moi. Je vais la porter à la police. Nous n'attendrons pas le retour de l'administratrice.

Je le serre dans mes bras et il se raidit instantanément. C'est évident qu'il n'est pas souvent étreint par une ado.

Je le lâche et je lui fais mon plus beau sourire.

— Tu veux que j'aille la chercher avec toi ? me demande Benjamin.

Je secoue la tête.

— Non, ça ne sera pas long. Ça devrait me prendre juste dix minutes.

Je cours vers l'ascenseur.

Avançant dans les corridors au huitième étage, j'ai encore l'impression d'être suivie. Mais j'ai beau me retourner, personne de menaçant n'est en vue.

Je traverse le rideau de plastique barrant l'accès à la nouvelle aile. Malgré le bruit assourdissant qui règne dans le chantier, aucun ouvrier ne travaille à cet étage. Je passe près d'une cage d'ascenseur ouverte. Le toit de la cabine est au niveau du premier étage ou du deuxième.

Je m'agenouille sur le plancher en ciment plein de poussière et de déchets de matériaux divers. Alors que je plonge la main dans le tuyau ouvert, une voix dit dans mon dos:

— Ah! C'est là que tu l'avais mise!

Je me retourne d'un mouvement brusque. Valérie me surplombe.

Je retire ma main sans prendre le sac que mes doigts ont frôlé. Je me relève, mais elle dit:

— Non, non! Sors-la de là.

— Il n'y a rien. Un ouvrier a dû la trouver.

— Mensonge! Sors la seringue et donne-la-moi. Tout de suite!

Bien qu'elle crie, sa voix se fait difficilement entendre dans le vacarme ambiant.

— Je ne sais pas de quoi tu parles.

— Je t'ai entendue en parler à Benjamin quand vous regardiez le livre rapporté par Maurice Cartier. J'étais dans une chambre voisine. Vous pensiez me piéger. Mais ça ne réussira pas.

— On a déjà parlé au docteur Grenier de la surdose que tu as injectée à Adèle Cartier.

Son regard se trouble et, pendant un moment, elle semble inquiète. Puis elle dit:

— Sans seringue, il n'a aucune preuve.

Elle glousse, avant d'ajouter:

— Hé! Tout ce que tu peux donner à la police, c'est ta parole. Mais déjà, personne dans cet hôpital ne croit un mot de ce que dit Marie-Pierre Jolicœur. Alors pourquoi les policiers agiraient-ils autrement?

Même le docteur Bourgeois pense que tu as le cerveau dérangé.

— C'est pas vrai !

— Oui, c'est vrai ! Bourgeois est gentille avec toi pour que tu continues l'expérience. Ça lui est égal que tu arrêtes ou non d'avoir des cauchemars et des illusions, en autant que tu sois un petit cobaye docile. Et Grenier, c'est un cas désespéré. Personne ne le croira sans preuve. On le supporte par simple pitié pour ce qui leur est arrivé, à lui et à sa femme.

Mon estomac se crispe de peur. Je chuchote :

— Les gens nous écouteront.

Valérie secoue la tête.

— Non, ils ne vous écouteront pas.

Elle s'avance vers moi et ajoute :

— Les gens ne t'écouteront pas parce qu'il n'y aura plus personne à écouter.

Je recule de quelques pas et je lui demande :

— Tu vas me tuer, moi aussi ?

— Oui, répond-elle calmement.

— Pourquoi me tuer si personne ne me croit ?

— Par sécurité. Qui sait, tu pourrais te reprendre en mains un de ces jours et les gens t'écouteront alors.

— Ce n'est pas seulement ce que la police pourrait découvrir qui t'inquiète, hein ? Tu veux continuer à tuer des patients !

— C'est l'entreprise idéale.

Plongeant la main dans le tuyau, elle en sort le sac contenant la seringue, qu'elle empoche aussitôt. Puis elle m'explique :

— Ma grand-mère est diabétique. C'est elle qui m'a appris qu'une surdose d'insuline est mortelle. En faisant renouveler ses prescriptions, je me suis arrangée pour me constituer un petit stock personnel. À la première injection fatale, j'ai ressenti un peu de culpabilité. Puis j'ai surpris une conversation entre les enfants de celui que j'avais éliminé. Leur vieux père leur coûtait cher. Ils avouaient être soulagés qu'il soit mort.

— C'est alors que tu as fondé ton entreprise d'élimination?

— Exactement. Tout ce que j'ai à faire, c'est écouter les conversations des visiteurs. Ils ne font pas attention à la bénévole avec son chariot de livres. S'ils expriment des inquiétudes au sujet des souffrances du patient ou du coût des soins nécessaires, je prends contact avec eux. Je propose au plus proche parent d'aider l'être cher à s'endormir… pour toujours. Tout ce que je demande à la famille, c'est de refuser qu'une autopsie soit pratiquée et d'exiger que le défunt soit incinéré le lendemain du décès.

Elle sort une autre seringue de la poche de son uniforme et retire le capuchon de l'aiguille. Posant sur moi ses yeux brillant d'un éclat mauvais, elle dit:

— Les visions de ton pauvre esprit tourmenté te sont devenues insupportables. Alors tu t'es injecté un calmant pour pouvoir les supporter, puis tu t'es aventurée dans une section dangereuse du chantier. Un accident est vite arrivé dans un endroit pareil…

— Non ! Valérie ! Ne me tue pas pour rien. Tu te feras prendre tôt ou tard.

— Ça m'étonnerait. Je suis très prudente.

Une goutte du puissant calmant brille à la pointe de l'aiguille.

Sans avertissement, Valérie se jette sur moi.

Chapitre 15

Je me dérobe, mais Valérie saisit mon poignet gauche avec sa main libre. Mon bras en écharpe me gêne énormément. En me débattant pour lui faire lâcher prise, je parviens à lui faire perdre l'équilibre.

Elle m'entraîne dans sa chute. Elle pèse au moins dix kilos de plus que moi. M'écrasant de tout son poids, elle prend mes deux poignets dans une de ses grandes mains et, de l'autre, essaie de planter l'aiguille dans mon bras. Je la fais bouger en gigotant frénétiquement.

Je jette un regard désespéré au rideau de plastique. J'ai dit à Benjamin que ça me prendrait dix minutes. Ça doit faire plus longtemps que ça. Je prie en silence : « S'il te plaît, viens à ma recherche ! »

Le regard de Valérie ne montre aucune émotion. Elle ne sait plus distinguer entre le bien et le mal. La seule vie qui lui importe est la sienne.

Je n'ai bientôt plus la force de lutter et la douleur dans mon épaule blessée est insupportable. Avec horreur, je vois Valérie plonger l'aiguille dans mon bras et m'injecter le calmant.

Elle reste assise sur moi pour détecter les signes indiquant que le produit commence à agir.

Ce n'est pas long.

Une chaleur et une torpeur plaisantes se répandent en moi et je me sens étourdie. Je parviens à tenir ouvertes mes paupières lourdes pour regarder Valérie. Son sourire satisfait est presque amical. Elle se relève et je respire mieux.

— Allons! Lève-toi! ordonne-t-elle.

Mais je me roule en chien de fusil. Je sais qu'elle veut me tuer, mais tout ce que je désire, c'est dormir.

Elle me prend sous les bras et essaie de me soulever, mais mes jambes engourdies refusent de me supporter.

Elle pousse un juron et marmonne :

— J'aurais dû te donner une dose plus faible ou une surdose pour t'assommer vraiment.

Je vois trois Valérie pencher sur moi leur visage furieux. Me saisissant par les chevilles, elle commence à me traîner vers la cage ouverte de l'ascenseur. « Voilà où elle voulait m'envoyer, pense une petite partie de mon cerveau. Mais je ne veux pas y aller, hein ? C'est une très longue chute… »

L'instinct de survie est sans doute plus fort que n'importe quel produit injecté ou alors Valérie a raison de croire qu'elle m'a donné une trop faible dose. Quelle que soit la raison, je sens que je ne me laisserai pas jeter dans le trou. Je ne survivrais pas à une chute de sept étages.

Valérie me traîne sans difficulté dans la poussière couvrant le plancher. Je tâtonne pour attraper quelque chose qui me permettrait d'arrêter cette glissade vers ma mort. Mais elle veille à me faire passer à bonne distance des tiges métalliques qui serviront un jour de support aux murs.

Arrivée au bord du trou, Valérie s'arrête et lâche mes chevilles. Elle paraît avoir de la difficulté à déterminer comment elle pourra me faire basculer dans le vide sans y tomber elle-même.

Alors qu'elle s'approche de mon épaule pour pousser mon corps vers le trou, je saisis un de ses grands pieds.

— Lâche-moi! dit-elle. Ça ne te servira à rien de résister!

— Si je dois tomber dans le trou, tu viendras avec moi, dis-je d'une voix étonnamment claire. Ainsi, tu ne pourras plus tuer personne.

— Laisse-moi rire!

Elle secoue violemment sa jambe pour me faire lâcher prise. Je sais que c'est ma dernière chance. Je m'accroche pour ne pas mourir. Je m'accroche et je hurle, espérant que, par miracle, le bruit des marteaux et des scies cessera un instant et qu'on m'entendra crier.

Valérie balance sa jambe d'avant en arrière pour desserrer mes doigts, et ma tête suit le mouvement en se cognant sur le plancher en ciment. La douleur dans mon épaule et dans mes côtes est atroce. Je réussis pourtant à attraper l'autre pied de Valérie et à la faire tomber. Elle s'affale sur moi et on roule jusqu'à ce que nos jambes s'agitent dans le vide au-dessus du trou.

— Sale emmerdeuse, tu vas mourir, que tu résistes ou non ! hurle-t-elle.

— Je sais, mais tu mourras aussi !

M'agrippant à elle, je recule lentement vers le trou. Ses jambes pendant dans le vide, elle ne peut pas prendre appui et son corps lourd glisse de plus en plus dans la cage profonde.

Elle me lance un regard stupéfait, puis elle pousse un cri perçant.

Je cale mes genoux contre une poutre métallique pour nous amener par-dessus bord. Valérie lutte pour desserrer mes doigts agrippés à son uniforme ; puis elle agite sauvagement les bras, me frappant en plein visage, pour saisir une poutre elle aussi. Mais sa position ne lui permet pas de le faire et les lois de la gravité jouent en ma faveur.

Sentant le reste de mes forces m'abandonner, je pense : «C'est presque fini... Puis je dormirai... Plus de terreurs nocturnes, plus de réveil en sueur... juste le sommeil de la mort...»

Les yeux clos, je lâche Valérie, me fermant à ses cris hystériques. Elle a dû trouver un support parce qu'elle continue à pousser des hurlements affreux. Je m'en fiche. J'ai fait tout ce que j'ai pu.

Je me retiens faiblement à un mince câble tandis que mes hanches glissent de plus en plus dans le

vide. Je ne sais pas si l'autre bout du câble est atta-
ché. Je n'ai pas peur de mourir, puisqu'il n'y a plus
rien à faire. Je m'abandonne à la torpeur.

Tout à coup, je sens un déplacement d'air et les
cris de Valérie cessent. Je glisse encore un peu plus
dans le vide. Je souhaite être morte avant d'arriver
en bas. Je voudrais ne rien sentir lorsque mon corps
s'écrasera sur le toit de la cabine sept étages plus
bas.

Puis, j'entends de faibles voix. On force mes
doigts à lâcher le câble et je sors à moitié de ma torpeur pour protester :

— Non ! Si je le lâche, je vais tomber !

— Je ne te laisserai pas tomber ! affirme une voix
grave.

J'ignore combien de temps ça a pris pour que le
produit injecté par Valérie soit éliminé de mon organisme. Lorsque c'est fait, je me réveille un court instant. Je m'attends à voir des anges ou mes parents
penchés au-dessus de mon cercueil. J'aperçois plutôt Grenier, assis près de mon lit.

Ce n'est que le lendemain que je m'éveille tout à
fait. Une infirmière est assise à la place de Grenier.

— Tu es réveillée, dit-elle joyeusement en me
voyant ouvrir les yeux.

Être éveillée n'est pas si remarquable. Être
vivante, c'est ça l'exploit.

Mon bras droit est de nouveau solidement serré
contre ma poitrine. Je palpe ma tête, mes bras, mes

hanches… Il doit y avoir des bandages ou du plâtre, puisque je suis tombée du huitième étage.

— Tu es en un seul morceau, si c'est ce qui t'inquiète, me dit l'infirmière.

— Qu'est-ce qui est arrivé ?

— Il vaudrait mieux que tu parles au docteur Grenier. Je vais l'appeler.

Au moment de sortir de la chambre, elle se retourne pour ajouter :

— Des policiers sont ici pour t'interroger. Le docteur Grenier leur a interdit de te déranger jusqu'à présent, mais ils voudront te poser des questions.

À peine cinq minutes plus tard, Grenier arrive en trombe. Il s'arrête dès qu'il voit mon regard posé sur lui.

— Tu ne parais pas trop mal en point, dit-il presque timidement.

— Ouais, grâce à vous. Si vous m'aviez crue dès le début, je n'aurais pas eu à me battre avec une bénévole folle.

— Je m'excuse, Marie-Pierre. Je voulais te croire, mais je n'aurais jamais pensé que cette fille pouvait tuer des patients.

— Qu'est-ce qui lui est arrivé ?

— Tout ira bien pour elle, du moins physiquement. Ton ami Benjamin et moi sommes partis à ta recherche lorsque tu n'es pas revenue à la cafétéria. Je croyais que tu nous avais plantés là parce que tu bluffais en prétendant avoir une preuve. Mais Benjamin était inquiet.

— Ce cher Benjamin ! C'est le seul qui me prenait au sérieux.

— Plus maintenant.

Dans les yeux de Grenier, je vois quelque chose de familier. Ce n'est pas étonnant, étant donné ce que je sais de mon passé… et de sa Stéphanie.

Mais ce n'est pas le moment d'en parler.

— Valérie a survécu à une chute pareille ?

— Vous étiez sur le point de tomber lorsqu'on vous a trouvées. Je t'ai retenue pendant que Benjamin pressait le bouton de l'ascenseur. Valérie a basculé avant qu'on puisse la saisir, mais la cabine était arrivée au sixième étage. Valérie s'est cassé la jambe ; elle ne s'est pas tuée. Elle est présentement surveillée par la police jusqu'à ce que son état de santé permette de la transférer dans une cellule de détention. Elle sera jugée pour le meurtre d'Adèle Cartier et de quatre autres patients.

— La seringue était une preuve suffisante ?

— Pas vraiment. Valérie était si bouleversée par sa chute qu'elle a tout avoué. Les policiers essaient d'incriminer ceux qui ont utilisé ses services. Jusqu'à présent, personne n'est passé aux aveux.

On frappe à la porte et Benjamin entre sur mon invitation.

— J'ai entendu dire que tu étais réveillée.

— Le docteur Grenier me racontait justement que tu as su presser le bouton de l'ascenseur, lui dis-je pour le taquiner.

— Pas tout à fait un exploit de superhéros, hein ?

— Il faut faire ce qui est utile au bon moment.

— Je dois m'en aller, maintenant, dit Grenier avec une curieuse tristesse dans le regard.

— Vous viendrez demain, quand mes parents seront là, hein? dis-je.

— Disons-nous adieu tout de suite. Je suis encore plus malhabile pour les adieux que pour les bonjours.

— Non, vous devez venir. Je ne partirai pas sans vous avoir revu.

— Très bien, si tu insistes. Onze heures?

— Oui, onze heures.

Chapitre 16

— Tu as l'air d'une lionne en cage, dit Benjamin en me voyant traverser la chambre pour aller regarder par la fenêtre pour la centième fois en ce samedi matin.

— Ils seront bientôt ici, dis-je.

— Tu vas me manquer, Marie-Pierre.

Je le regarde distraitement. Mon cerveau est occupé à chercher des mots… des mots qui vont troubler tout le monde dans cette chambre, tout à l'heure. Par souci de la vérité, je vais de nouveau bouleverser nos vies à tous.

— On se reverra, dis-je à Benjamin.

— Ouais, je suppose qu'on pourra s'arranger pour se voir de temps en temps.

Claire Bourgeois entre dans la chambre.

— Marie-Pierre, tu es sûre que tu veux faire ça? demande-t-elle d'un ton inquiet.

— Je le dois!

— Quelqu'un pourrait m'expliquer ce qui se passe ici? demande Benjamin.

Mais des pas pressés se rapprochent dans le corridor et, bientôt, Francine et Carl apparaissent dans l'embrasure de la porte. Je les appelle par leur prénom parce que ça semble être la réaction naturelle maintenant que je connais le secret qu'ils gardent depuis douze ans.

— Es-tu prête ? demande Carl. On est pressés : mon patron m'offre de faire des heures supplémentaires ce soir.

— Non, on doit d'abord se parler, dis-je.

Francine jette un regard nerveux à son mari.

— Allons-y, jeune fille, gronde celui-ci. Les médecins ont eu amplement le temps d'étudier ton cerveau. S'ils ne sont pas parvenus à te guérir de tes cauchemars, ils n'y parviendront jamais.

Je souhaite que Grenier ne tarde pas trop.

— Je ne sais pas pourquoi on nous a fait venir tous les deux, geint Francine. Ton père aurait pu te ramener.

Elle se tord les mains et lance des regards vers le docteur Bourgeois, comme si elle espérait qu'une autorité médicale lui confirme qu'une demande déraisonnable lui a été adressée.

— Je crois que Marie-Pierre a une raison spéciale de nous rassembler tous ici, dit une voix grave.

Francine et Carl se tournent vers le nouvel arrivant : le docteur Grenier.

— Qui êtes-vous ? Un autre médecin loufoque ? demande Carl. Écoutez, j'en ai assez de vous tous.

Je reprends ma fille et vous ne pouvez pas m'en empêcher.

Je viens me placer devant lui et je lui demande :

— C'est ce que tu voulais faire dès que l'ambulance m'a emmenée ici, hein ?

— Bien sûr. Je n'ai jamais fait confiance aux médecins ni aux hôpitaux. Encore ce matin, on racontait à la radio qu'une bénévole a tué des gens âgés.

— Mais dans un hôpital, il se passe parfois d'autres crimes aussi crapuleux, pas vrai, monsieur Jolicœur ? demande Claire Bourgeois, les yeux coléreux.

— … Prends ta valise, Marie-Pierre. On s'en va.

— Non, je ne crois pas que je dois aller avec vous.

— Bien sûr que tu dois venir avec nous. Qu'est-ce qui te prend ? Tu es notre petite fille… notre petite Marie-Pierre ! crie Francine d'une voix aiguë en se précipitant sur moi pour prendre mon visage dans ses mains.

— Non ! dis-je fermement en me libérant de son étreinte. Je ne suis pas Marie-Pierre et je n'ai jamais été à vous.

— Voyez ce que vous avez fait à cette fille ! crie Carl à Claire Bourgeois. Vous lui avez lavé le cerveau ! Vous l'avez dressée contre ses propres parents !

Mais sous sa colère, je perçois la même peur qui l'a saisi chaque fois qu'il m'emmenait au service des urgences d'un hôpital après une violente terreur nocturne. C'est la même peur qui nous forçait à quitter une ville après l'autre.

— Je ne fais pas de lavage de cerveau, proteste calmement Claire Bourgeois.

— Marie-Pierre, j'ignore ce qui se passe, et tes parents sont très troublés aussi. Mais ils ont raison : ils peuvent t'emmener avec eux.

— Ils ne sont pas mes parents, dis-je.

— Quoi ? dit Grenier en se tournant vivement vers Francine et Carl.

— Vous devriez tous vous asseoir pour écouter ce que j'ai à raconter, dis-je.

— Je ne reste pas pour écouter des idioties, dit Carl. Cette fille est folle depuis des années. Elle ne sait pas ce qu'elle dit.

Il prend sa femme par la main et l'emmène vers la porte. Grenier leur barre le passage.

— Si vous essayez de sortir avant la fin du récit de Marie-Pierre, j'appelle la police, les menace-t-il.

Carl n'insiste pas. Francine me lance un regard pitoyable, puis s'effondre sur une chaise et cache son visage dans ses mains. Elle devine que je sais ce qu'elle a fait. Le crime qu'elle a commis va enfin être révélé et rien de ce que son mari peut dire ou faire ne la sauvera.

Je me tourne vers Grenier et je déclare :

— Je suis Stéphanie. Stéphanie Grenier, votre fille.

Des larmes lui emplissent les yeux en entendant son nom... mon nom. Mais il ne s'approche pas de moi. Incapable de parler, il secoue la tête pour nier.

— Dans un coin de mon cerveau, j'ai toujours

su que je n'étais pas votre fille, dis-je à Francine et à Carl. Pourtant, vous étiez bons pour moi, comme si j'étais votre vraie fille. Vous m'aimiez, je le sais, et je vous aimais… Je vous aime encore ! Vous avez fait tout ce que vous pouviez pour moi. Vous avez même passé douze ans à fuir la police pour me garder.

Francine sanglote bruyamment et Carl vient poser la main sur son épaule en me disant :

— Tu ne devrais pas lui faire ça. Elle ne le mérite pas. Elle t'aime tant.

— Mais c'est la vérité ! dis-je. Mon inconscient a gardé le souvenir de l'enlèvement. C'était l'événement le plus terrifiant de ma courte vie. Je le revivais dans mes rêves : je revoyais les corridors de l'hôpital et je sentais qu'on me tirait par la main.

— Mais tu as déformé le souvenir de l'événement, dit Claire Bourgeois. Tu croyais que la femme qui vous poursuivait te voulait du mal et que celle qui t'entraînait dans sa course voulait t'aider.

— Je ne savais pas que la démente était ma vraie mère et que ce n'était pas à moi qu'elle criait de s'arrêter. Elle ne criait pas qu'elle allait me tuer ; c'était à ma ravisseuse qu'elle lançait ces menaces.

— Tu as reconnu Joëlle sur la photo de mon bureau, murmure Grenier. C'est pour ça que tu étais si bouleversée. Oh ! mon Dieu ! Tu es Stéphanie !

— Beaucoup d'années ont passé, Marie-Pierre, dit Carl. On est fatigués de fuir. Il ne sert à rien de prétendre que tu es à nous. Il est sûrement possible de prouver scientifiquement que nous n'avons aucun lien de parenté. Mais les liens du sang ne sont pas les plus importants. Tu nous aimes, Marie-Pierre. Nous t'avons élevée. Tu es plus une partie de nous que de lui. Je parie que des gars raides comme ça ne savent pas s'amuser avec un enfant.

Grenier s'avance d'un air menaçant, les poings serrés, et s'écrie :

— Je n'ai pas eu l'occasion de m'amuser avec ma petite fille ! Le plus précieux cadeau de ma vie m'a été volé, salaud ! Ma femme et moi n'avons jamais cessé de chercher notre enfant, nous n'avons jamais perdu l'espoir qu'elle soit vivante... quelque part.

— Je... Je n'ai rien fait, proteste Carl. Francine voulait tellement un enfant et elle ne pouvait pas en avoir elle-même. On a essayé pendant des années. Puis un jour... quelque chose s'est brisé en elle. Quand je suis rentré du travail, elle jouait avec une petite fille comme si c'était une poupée. Elle lui avait mis une jolie robe avec des rubans. Je n'avais jamais vu Francine aussi heureuse depuis que je la connaissais.

— Vous saviez qu'elle avait enlevé l'enfant et vous n'avez pas prévenu la police ? demande Claire Bourgeois.

— Ouais, bien sûr que je le savais. Pendant des jours, j'ai essayé de la convaincre de rendre la petite, mais Francine ne voulait pas.

— Alors, on a passé les douze dernières années à fuir, dis-je.

— Lorsque les policiers ont cessé de chercher notre enfant, j'ai engagé des détectives privés, dit Grenier. Chaque fois que l'un d'entre eux trouvait la piste d'une petite fille qui aurait pu être la nôtre, celle-ci disparaissait avant qu'on puisse la voir.

Ses yeux ne me quittent pas, comme s'il craignait que je disparaisse dans un nuage de fumée. Moi aussi, je le regarde. Son nez est plus long et les coins de sa bouche font la moue mais, à part ça, c'est mon visage! Pourquoi ne me suis-je pas reconnue en lui auparavant?

Je suppose qu'on ne voit des gens que ce qu'on veut. Et, à notre première rencontre, j'avais jugé qu'il n'était qu'un médecin arrogant et bourru.

— À quoi penses-tu, Marie… euh… Stéphanie? demande Grenier d'une voix rauque.

— Je me demandais comment le cerveau de quelqu'un peut dérailler à ce point? dis-je en jetant un regard vers Francine.

Pas étonnant qu'elle ait été si nerveuse. Il y avait plus que la peur de me perdre: elle et Carl devaient être terrifiés à l'idée d'être pris et envoyés en prison pour enlèvement. Ils volaient sans doute mon courrier et interceptaient les appels de mes anciens amis pour couper tout contact après un déménagement. C'est comme ça qu'ils échappaient sans cesse aux détectives lancés à leurs trousses. Mais que faire de moi? Ils ne pouvaient pas me rendre en disant: «Désolés pour le dérangement!»

Pas plus que je ne peux maintenant aller sonner

chez les Grenier en disant: «Hé! Devinez quoi! Je suis la petite fille que vous aviez perdue! Où est ma chambre?»

Je sens le bras de Benjamin se glisser autour de mes épaules, tandis que les larmes roulent sur mes joues.

Grenier revient à ma chambre quelques heures plus tard. Entretemps, les policiers ont emmené les Jolicœur.

— Je t'ai amené de la visite, me dit-il.

À ces mots, une femme vient se blottir dans ses bras. Des mèches grises parsèment sa chevelure noire. Elle me regarde à travers ses larmes.

Elle a l'air bien plus vieille que sur la photo de nous trois, et pas du tout aussi effrayante que la démente de mes terreurs. C'est Joëlle Filteau. Ma mère!

Benjamin me pousse gentiment vers elle et, par-dessus la tête de sa femme, Grenier me jette un regard suppliant.

Je m'élance, et ma mère me reçoit dans ses bras. Elle sanglote dans mes cheveux en murmurant:

— Ma chérie… ma petite Stéphanie…

Puis elle s'écarte de moi pour me regarder attentivement et s'exclame:

— Que tu es belle! Tu es encore plus belle que je l'imaginais… S'il te plaît, pardonne-moi!

— Te pardonner? Tu n'y pouvais rien! Ce n'était pas ta faute!

— Je n'aurais jamais dû te laisser dans cette salle d'attente. Je n'aurais pas dû…

Les autres sont devenus des ombres. Pour le moment, il n'y a que ma mère et moi. Je sens son amour m'envelopper doucement. Un amour tel qu'elle n'a jamais cessé d'espérer.

Comme si elle lisait dans mes pensées, elle raconte :

— Les détectives n'arrêtaient pas de nous dire qu'ils avaient retrouvé ta trace. On a traversé plusieurs fois le pays, en vain. Je priais chaque fois. Chaque fois, j'avais le cœur brisé.

Je comprends que j'ai trouvé mon chez-moi et que j'y serai la bienvenue.

Des souvenirs se réveillent en moi lorsque je m'installe dans la grande maison blanche de mes parents. Ma chambre de bébé a été transformée en salle de couture parce que mon père avait convaincu ma mère que ce n'était pas sain de la garder intacte.

Mais ma mère a gardé tous mes jouets et mes animaux en peluche.

Joëlle et moi avons décoré ma chambre, et mes amis en peluche y ont trouvé une place de choix.

Pour célébrer mon seizième anniversaire, les premiers amis que j'ai invités étaient, bien sûr, Benjamin et Élisabeth.

Ils sont aussi les premiers arrivés. Ensemble, on discute des derniers événements.

— Ne t'inquiète pas des Jolicœur, me dit Benjamin. Ils ne peuvent plus te faire de mal.

— Ils ne m'inquiètent pas, dis-je. Ils me manquent parfois.

— Hein ?

— Ils ont été bons pour moi. Ils m'aimaient comme des parents, même s'ils n'en avaient pas le droit. Carl était même venu saccager ma chambre pour que je quitte l'hôpital et retourne vivre avec eux. C'est l'anniversaire de Francine dans deux semaines. Je ne l'ai pas revue depuis mon départ de l'hôpital, mais je commence à lui pardonner ce qu'elle m'a fait. Elle voulait seulement avoir un bébé. C'était mal de m'enlever, mais elle l'a fait par amour, pas par méchanceté.

— Tu penses que Grenier... euh, ton père, te laissera la voir ? demande Benjamin.

— Je l'espère. Il a dit qu'ils avaient assez souffert.

— Ça doit être terrible d'être des fugitifs pendant des années ! dit Élisabeth. À cause de toi, ils ne pouvaient jamais rester au même endroit, ni garder un emploi ou se sentir en sécurité.

— Je suis content que tu sois rentrée chez toi, Stéphanie, dit Benjamin.

— Moi aussi, dis-je.

Quelques notes sur l'auteure

Nicole Davidson est née au Massachusetts et a passé la majorité de son enfance à Groton (Connecticut). Elle vit présentement au Maryland avec sa compagne d'écriture, Katie, une retriever à l'esprit indépendant. Nicole Davidson (qui écrit également sous le pseudonyme de Kathryn Jensen) est l'auteure de vingt titres pour la jeunesse et pour adultes depuis 1985. Lorsqu'elle ne travaille pas à un nouveau livre, elle enseigne l'écriture de romans jeunesse à l'université Johns Hopkins et au *Institute of Children's Literature*. Elle est membre du *Author's Guild*, de la *Society of Children's Book Writers and Illustrators*, des *Mystery Writers of America* et des *Sisters in Crime*.

Dans la même collection

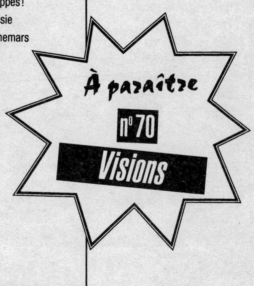

À paraître

n° 70

Visions